T0303558

Rebelión en Verne

Editorial Bambú es un sello
de Editorial Casals, SA

Casp, 79 – 08013 Barcelona
Tel.: 902 107 007
editorialbambu.com
bambulector.com

Diseño de la colección: Miquel Puig
Ilustración de la cubierta: Pere Ginard

Tercera edición: octubre de 2018
ISBN: 978-84-8343-371-3
Depósito legal: B-27634-2014
Printed in Spain
Impreso en Anzos, SL
Fuenlabrada (Madrid)

Rebelión en Verne

Marisol Ortiz de Zárate

bam bú

EDITORIAL

Principio

Cierta madrugada del año 1886, Jules Verne estaba, como de costumbre, en el gabinete de trabajo de su casa, en el número 2 de la calle Charles Dubois, en Amiens, una sencilla y provinciana ciudad del norte de Francia.

El silencio era total en aquellas horas tranquilas del alba, así que, arropado por la calma matutina, Verne escribió:

Dos años de vacaciones

En la noche del nueve de marzo, las nubes, que se confundían con el mar, limitaban a unas cuantas brazas el espacio que podía abarcarse con la vista.

Se trataba del título y de la primera frase del capítulo primero del trigésimo segundo libro de *Los viajes extraordinarios* (¿o era el trigésimo primero o el trigésimo tercero...?), y aunque el párrafo en cuestión le pareció aceptable, no por ello abandonó el lápiz, tan apto para eliminar tropezones lingüísticos, tan fácil de borrar. Tiempo habría de repasar aquello a tinta para transformarlo en texto definitivo.

Siguió escribiendo a buena velocidad, sin detenerse demasiado en relecturas y correcciones, algo inusual en él dado su carácter meticuloso y perfeccionista. Pero tenía cincuenta y ocho años, no era por tanto un jovencito ilusionado y vital, y se encontraba además en la época más amarga de su vida.

En las siguientes semanas se dedicó por completo a la nueva obra, una historia de pequeños robinsones en la que quince niños de entre ocho y catorce años tienen que sobrevivir en una isla desierta durante dos años solos y sin la ayuda de adultos.

A menudo Verne se fatigaba por la postura casi inmóvil del escritor y con gran esfuerzo recolocaba esa pierna inflamada y dolorida en la que una profunda herida de bala a la altura del tobillo no terminaba de curarse.

Pero seguía escribiendo.

Con frecuencia sentía desánimo, mal humor, agotamiento vital.

Pero seguía escribiendo. Había un contrato firmado que no podía incumplir; escribir era su oficio, su obligación.

Y un día, inesperadamente, algo muy fuerte sucedió en su vida e hizo que Jules Verne renunciara de golpe a continuar con esa novela. ¿Qué fue? En la soledad de su gabinete de trabajo, apartando el manuscrito de su vista, derramó odio sobre los protagonistas de la historia con inmensa e injusta acritud.

–¡Al diablo! ¡Al diablo el jovencito Briant, el envidioso Doniphan y todos los muchachos de la maldita isla!

Lo cual era excesivo y desacostumbrado, pues Verne amaba profundamente a sus personajes, en los que ponía gran ilusión, sobre todo durante la época de génesis de las novelas. Pero 1886 era su año nefasto (y no solo por el atentado que había sufrido), y una considerable depresión le embargaba hasta el punto de hundir su estado de ánimo por completo. Y ahora además estaba lo otro, lo que acababa de suceder y había provocado que los ojos secos de un hombre endurecido se ablandaran y humedecieran por las lágrimas.

De ese modo, el manuscrito todavía a lápiz y sin terminar de *Dos años de vacaciones* fue abandonado y Verne decidió que comenzaría otra novela. Esta no le estaba resultando gratificante.

Así lo hizo. Tituló la nueva obra *Norte contra sur,* y pronto se vio completamente inmerso en ella.

Mientras, *Dos años de vacaciones* permanecería en el olvido...

Capítulo uno

En el que conocemos a algunos personajes de *Dos años de vacaciones*

Como la nieve, la desgracia llegó con el invierno.

Briant, Doniphan y los otros chicos de la isla dejaban pasar los fríos días tediosos y aburridos. De pronto ningún suceso ocurría, nada nuevo o importante que hacer. El tiempo parecía detenido mientras esperaban el regreso de la primavera que, por alguna razón desconocida, tardaba tanto en llegar.

Y el caso es que había sido emocionante hasta entonces, una aventura vivida por ellos digna de relatar: la navegación en solitario primero, sin adultos, por las aguas del océano Pacífico, partiendo del puerto de Auckland, Nueva Zelanda; la tormenta que arreció llevándolos a la deriva, la isla en la que encallaron, la exploración del terreno, la caza y la pesca para comer, el hallazgo de una cueva donde pasar el invierno...

E, inexplicablemente, de golpe había cesado toda actividad. No solo no había nada que hacer sino que tampoco sucedía nada. Y tampoco nadie proponía nada para acabar con esa monotonía que les invadía. Así estaban los quince robinsones, a veintidós grados bajo cero, paralizados en un invierno sin fin donde los días se sucedían idénticos: la misma temperatura, la misma cantidad de nieve que no se derretía, que no crecía, las mismas pocas horas de luz.

–Esto es insoportable –se quejó Briant, el líder–. Llevamos tanto tiempo así... ¿Cuándo llegará el deshielo?

–¿No resuelves siempre los imprevistos? –adujo Doniphan, punzante–. ¿Pues a qué estás esperando? ¿O es que se te acabaron las ideas?

A Doniphan todos le llamaban Phan. Su carácter envidioso y su nacionalidad inglesa lo habían convertido en enemigo declarado del francés Briant.

–Señor su-per-do-ta-do –añadió Phan con retintín.

Briant le lanzó una mirada rabiosa, pero no contestó. Razón no le faltaba, tuvo que admitir para sus adentros. Hasta ese momento él, Briant, había tenido soluciones acertadas para todo y el grupo entero (a excepción de Phan y sus pocos seguidores) confiaba en él y aceptaba ciegamente lo que decidiera.

Y si hasta ese día había destacado por su gran capacidad resolutiva, ¿por qué ahora no se le ocurría nada?

Nada otra vez. Realmente *nada* era la palabra que mejor definía esa especie de ausencia de todo, de vacío inmenso que flotaba en el ambiente.

–Otro día más así y me vuelvo loco –protestó mientras intentaba encontrar para el problema de la interminable inactividad una solución que estuviera a la altura de su talento.

Salió de la cueva en donde comían, dormían, vivían. Necesitaba perderse, evadirse; no estaba de buen humor. Caminó por la isla arrastrando sus botazas por la nieve. Le venían grandes, pues las había cogido del barco que los llevara hasta allí y pertenecían al equipo de la tripulación adulta, por lo que tuvo que esforzarse para no perderlas en el camino. Tiritando de frío recorrió el cauce helado del río hasta su desembocadura en un mar tétrico y sereno. Contempló unos instantes el yate; seguía allí, encallado en la arena, destartalado, inservible, un bulto bajo la nieve. Divisó al fondo los macizos de abetos y abedules que *con sus enramadas de escarcha cargadas de brillantes cristales, agrupábanse en la lejanía como el fondo de una decoración mágica.*[1] Cruzó el Bosque de las Trampas, espeso como una selva, y siguió hacia el norte, siempre hacia el norte, hasta que llegó a una zona desconocida que no habían explorado aún.

Y una transformación del paisaje surgida inesperadamente hizo que se detuviera en seco.

–¿Eh...? –casi gritó, asustado–. ¿Qué hay aquí?¿Qué es esto?

Aunque, con más exactitud, debería haber dicho «¿qué NO hay aquí?» y «¿qué NO es esto?», ya que se encontraba ante un abismo oscuro en el que no se veía ni se adivinaba nada. Nada otra vez. Y era un abismo que, al igual que el invierno, parecía no tener fin. O si lo tenía, no se distinguía. La isla con sus montañas, la selva, la nieve, todo desaparecía de repente, como si una mano gigante hubiera

1. Todas las frases en cursiva son originales de las novelas de Jules Verne.

cortado el paisaje con un afilado cuchillo y hubiera escondido o borrado esa mitad. Y también la luz del sol se apagaba y dejaba paso a las tinieblas más profundas. Era algo así como un paso del día a la noche, del ruido al silencio, de lo real a lo irreal...; un paso del todo a la nada. Briant se agarró con fuerza a la rama de un árbol, pues tuvo miedo de caerse por aquella fosa negra que podía ser inmensa o infinita. Y así, agarrado como estaba, alargó despacio una mano hacia el interior del abismo y esperó.

Esperó.

Nada, no pasaba nada.

Al brazo le siguió una pierna.

Tanteó el vacío.

Esperó.

Hasta que su pie hizo tope con algo. «Hay suelo», pensó, «no es un abismo.»

Apoyaba el pie con fuerza, el suelo parecía firme. ¿Debía entrar? Iba a soltarse de la rama, iba a pasar al otro lado cuando un gran temor se apoderó de él. No es que fuera el más valiente de la clase, pero nunca había pasado por cobarde, en ningún momento de su vida, recordó en ese instante de duda. No lo fue cuando Phan, el odiado y fuerte Phan, le retó a una pelea en el exclusivo colegio para chicos extranjeros Chairman de Auckland, Nueva Zelanda, ni tampoco cuando tuvo que dar la cara ante los profesores cargando con la mitad de la culpa y aceptando un más que severo castigo. Tampoco fue cobarde durante el reciente naufragio, ni sintió más miedo del que se considera normal en cualquier circunstancia difícil de las muchas ocurridas en la isla. Pero ahora...

«¿Qué eres, Briant, un gallina?», se dijo y, sabiendo que nunca se perdonaría esa renuncia, dio al fin el paso decisivo hacia aquella noche cerrada que él había bautizado como Nada.

¡Ya estaba dentro! Había saltado y notaba el temblor de sus piernas asentadas firmemente sobre algo. «Estoy apoyado», pensó, «y entero; mi funeral tendrá que esperar.» Tardó en acostumbrar los ojos a aquella oscuridad que, de pronto, no era completa. Briant pudo así observar lo que lo rodeaba y quedó maravillado. Estaba en una habitación enorme, señorial. Frente a él había una ventana con pesadas cortinas de cretona descorridas que dejaban entrever un jardín alumbrado por una farola de gas. De esa farola procedía la luz.

–¡Ma... ma... magnífico! –susurró sin precaución, olvidando que alguien podía escucharlo.

Paseó la vista por la habitación. Había en ella algo irreal y parecía demasiado grande para Briant, como si fuera vivienda de cíclopes o gigantes. Había una mesa de escritorio junto a la ventana. Había una cama en un rincón, cerca de la mesa, y sillas tapizadas, y alfombras, y una chimenea. Pero lo que más llamaba la atención era la abundancia de libros, tantos o más que en la biblioteca de su colegio, el Chairman de Auckland, Nueva Zelanda. Briant, que era un obstinado lector, no podía apartar los ojos de ellos. Los había de todos los tamaños. Algunos eran muy viejos. Por cercanía, se fijó en un grupo de novelas con las cubiertas profusamente ilustradas que guardaban una relación de semejanza. Briant pensó que formaban una colección porque sobre el título de cada una aparecía escrito un lema general y además eran todas del mismo autor.

–*Los viajes extraordinarios*, por Ju-les-Ver-ne –deletreó Briant sin esforzar mucho la vista en la penumbra: como la habitación, también los libros y las letras de los libros eran extrañamente grandes.

Y como el idioma que dominaba tan magnífica biblioteca era el francés, Briant dedujo que el dueño tenía por fuerza que ser compatriota suyo.

Pero ¿cómo había llegado hasta allí? ¿Por dónde había entrado? Se dio la vuelta y miró. No se había movido ni un paso y detrás de él no había abismo oscuro ni puerta, sino un taco de cuartillas de papel sujetas con cuerda de bramante. Briant se frotó los ojos. ¿Soñaba? Estaban escritas a lápiz, con una caligrafía borrosa, difícil de leer. El texto solo ocupaba la mitad izquierda del papel. En la mitad derecha había apuntes, dibujos, tachaduras, correcciones. Parecía el borrador de una carta muy larga o acaso el manuscrito de una novela. Qué extraño era todo. Comenzó a leer: *Dos años de vacaciones. En la noche del nueve de marzo...*, empezaba el manuscrito con rigor de suceso real.

Briant tuvo una sacudida interna.

–Nueve de marzo... –dijo en voz baja–. Qué casualidad, la noche de nuestro naufragio.

Soltó el bramante para seguir leyendo. Su odisea, la odisea de los quince náufragos estaba escrita ahí, paso por paso, día a día, tal como iba sucediendo. No podía existir una manera más verídica de contarla. La misma isla, las mismas situaciones, los mismos chicos diciendo las mismas palabras. Las páginas de papel le pesaban un poco al levantarlas para volverlas, pero aun así él, mudo por la emoción, las devoraba.

Siguió pasando hojas manuscritas, la mayoría ahora sin leer, o leyéndolas por encima, porque Briant ya había comprendido que lo que se relataba en ellas era su propia historia. Quería llegar al final, a la última frase escrita, convencido de encontrar en su lectura la solución al misterio que lo obsesionaba.

...el termómetro descendió hasta veintidós grados bajo cero. A poco que se expusiera uno al aire exterior, el aliento se condensaba en nieve, leyó Briant.

Y no había nada más, en esa frase acababa todo.

Tardó unos minutos en darse cuenta de la realidad, de quién o qué era él, y de cuál era su misión, el sentido de su vida.

–¡Dios! ¡Tan solo soy un personaje de novela! Conque era eso... Ahora entiendo por qué no llega la primavera.

Atrapados. He ahí la cruda situación. Atrapados en la cueva a veintidós grados bajo cero y con un invierno interminable como carcelero.

El ruido prolongado de un tren lo arrancó de su ensimismamiento y, a la vez, un bulto que había en la cama tosió y se revolvió. Briant podría haberse escondido, o marchado, o asustado como mínimo, pero se hallaba en estado de shock, demasiado atontado para sentir algo. El bulto de la cama se incorporó y, ayudado por un bastón que tenía junto a la cabecera, comenzó a levantarse. Parecía un hombre mayor, de obesidad incipiente y de andares muy torpes.

Cojeando de manera exagerada, el hombre se puso un pantalón y una bata sobre el camisón de dormir y se dirigió a la mesa que había junto a la ventana. Era aún noche cerrada y el hombre encendió un quinqué. Luego afiló sus lápices, preparó una cuartilla y comenzó a escribir. Utilizaba solo la mitad izquierda del papel. Murmuraba cosas en francés. Se oyó entonces el ruido de la puerta. Entró alguien, un criado. Se dirigió al hombre cojo y le llamó *monsieur* Verne. Briant, reaccionando, corrió a refugiarse en las hojas del manuscrito de donde había salido.

Un calendario de la habitación que Briant acababa de abandonar mostraba la bonita estampa de una ciudad de casas apretadas por entre las cuales discurría un río. Los tejados de las casas eran grises, el río verde oscuro, el cielo muy azul. La vía de tren cruzaba la ciudad como la costura de una falda. Bajo la estampa venía escrito el nombre de la ciudad, en letras gruesas y negras, y el año en curso. El reloj de pared marcaba las cinco de la madrugada cuando Briant oyó pasar el tren.

El muchacho dedujo así que había viajado a Amiens, Francia, un día del año 1886, a las cinco de la madrugada.

Y ahora volvía a encontrarse en su isla, caminando al encuentro de sus compañeros, mientras el cangrejo de la decepción lo corroía y arañaba por dentro.

Capítulo dos
De cómo comienza a surgir la idea de una rebelión

El rostro de Briant estaba al rojo vivo cuando entró en la cueva, poseído de una gran alteración. «¡Personajes!, simples personajes de una novela», se decía con profundo desánimo, aceptando que la acción de la historia no se reanudaría mientras el autor no quisiera.

Contó con todo detalle cuanto le había sucedido, recibiendo la mirada atónita de sus compañeros, que sin embargo no dudaron de la veracidad de la historia.

–Y es por eso que no llega la primavera –concluyó–. No hay nada más escrito sobre nosotros, nos han abandonado en pleno invierno y, si queréis saber mi opinión, nuestro manuscrito parecía realmente olvidado.

–¿Qué te hace pensar eso? –dijo alguien.

Briant cabeceó con tristeza, bajando la mirada al suelo.

–Estaba atado con cuerda de bramante. Bien atado. Y el escritor escribía algo diferente, otro manuscrito.

Se hizo un espeso silencio. Los chicos estaban pensativos. En un principio parecía que nadie tuviera nada que decir, pero luego las opiniones surgieron atropelladamente. Que si estaban a merced de un hombre poco serio..., que si no podían permitir que los abandonase..., que si debían rebelarse, decidir ellos su destino, amotinarse...

–¡Eso, eso! –gritaron varios a coro–. ¡Un motín, una rebelión! ¡Rebelémonos!

La voz de Gordon, el jefe, catorce años, norteamericano, se elevó sobre las demás.

–¡Eh, eh! Dejad de hablar todos a la vez. Hay que tomar una determinación, pero una determinación meditada. No debemos olvidar que estamos a veintidós grados bajo cero y que a esa temperatura no hay mucha movilidad.

–Bien claro lo dice el manuscrito –dijo Briant–, que con este frío, hasta *el aliento se condensa en nieve.*

–¿Y qué propones tú? –preguntó Gordon.

–Desde luego volver a entrar en esa Nada. Regresar a Amiens, al estudio de nuestro creador. Una vez allí...

Una voz seca lo interrumpió.

–¿Cómo sabes tú que ese hombre que viste es nuestro creador? Porque aquí todos parecemos muy listos...

Había hablado Phan, el envidioso. Briant pudo haber contestado que un manuscrito inacabado generalmente siempre se encuentra en casa de su autor. Pero era tan obvio que decidió dejarlo. Dijo tan solo:

–Ese hombre es francés, como nuestro manuscrito. Todo encaja. Una vez allí, en el estudio de nuestro creador, investigaremos por qué hemos sido abandonados. Lo primero que hay que hacer es buscar la respuesta a esa pregunta. Así sabremos de paso si podemos tener perspectivas de futuro. Una respuesta a una pregunta. Y si no hay una razón de peso para abandonarnos, yo seré el primero que se amotine.

A todos les pareció correcta esta idea y convinieron en que solamente Gordon y Briant cruzarían la línea. Los demás esperarían en la cueva. Pero como de costumbre, Phan mostró su discrepancia exigiendo una razón que justificara su ausencia en el proyecto.

–Si Briant va, yo también voy. Soy mayor que él y mayor que tú, Gordon, no lo olvides, te llevo un mes.

Empezó una disputa tremenda, los británicos apoyaron a Phan. Hablaban de trato discriminatorio, de conspiración contra ellos. Pedían una votación. Se insultaban unos a otros. Se montó un completo guirigay.

–De acuerdo, de acuerdo –dijo Gordon, que era pacífico y cabal–, ahora menos que nunca debemos pelear, ve tú en mi lugar. Tal vez sea mejor así, la isla os esperará con su jefe al mando.

Al día siguiente Briant y Phan salieron en cuanto amaneció para aprovechar las escasas horas de luz que el tacaño invierno austral prodigaba, y con Briant a la cabeza se encaminaron hacia la imprecisa frontera de la que ya había hablado.

De nuevo el abismo tenebroso, la oscuridad profunda, la interrupción brusca del paisaje.

–Ya ves como no os engañé. Eso es el fin de nuestra isla y también de nuestra historia.

–Historia que ese tío como se llame –dijo Phan, ásperamente–, por lo que parece, ha dejado en el olvido. *¡Mil* *diantres!* Maldito, maldito perezoso. ¿Tanto cuesta sentarse a escribir?

Briant, mirando sobrecogido la negra fosa, dejó a su compañero desahogarse sin intervenir. Luego dijo:

–Oí que le llamaron Verne, Jules Verne. Había muchas novelas escritas por él. Así que no lo maldigas, Phan. Ese hombre es casi un anciano y está cojo. Tenía un aparatoso vendaje en el tobillo, se quejaba, utilizaba bastón. Pero se levantó tan de madrugada que no había amanecido aún. ¿A trabajar? Eso parecía. Y en la misma pieza donde duerme, ¡desgraciado! No lo observé mucho tiempo, pero te aseguro que si algo me dio en ese momento, fue pena.

Capítulo tres
Nuevos personajes

Volvía a ser noche cerrada en Amiens, y Briant y Phan, tras el salto, husmeaban la habitación de Verne a sus anchas mientras la farola a gas del exterior proyectaba su tenue luz parpadeante.

Un orden meticuloso reinaba en la estancia, que era suntuosa, amplia y de diáfana ventana. El mobiliario en cambio era austero y funcional. Las estanterías con libros y papeles lo llenaban todo. En la cama del rincón, Verne dormía con respiración entrecortada. Roncaba entre quejidos, tosía, emitía ruidos muy raros.

–Investiguemos –dijo Briant.

–Sí, pero ¿por dónde empezamos? –dijo Phan, atosigado.

Era una pregunta difícil de contestar.

–Ayer me fijé en una colección de libros: *Los viajes extraordinarios*. Están escritos por él. Hay muchos títulos y varias ediciones y ejemplares de todos ellos. Por sus páginas desfilarán personajes como nosotros, tal vez nos puedan ayudar. Comencemos por *Cinco semanas en globo,* mira la fecha, es el más antiguo de todos.

–¿Y? –dijo tontamente Phan.

–¡Pues que serán personajes más sabios! Cuanto más viejos, más sabios. Venga, vamos adentro.

–¿Podremos? –preguntó Phan con sorna, sin terminar de creer cuanto le estaba sucediendo.

–¡Claro, es muy sencillo! –dijo Briant sin ofenderse–. Si todos pertenecemos al mismo autor, de la misma manera que podemos salir de nuestro manuscrito, también podremos entrar en cualquier otro libro de ese hombre. Personajes, Phan, ¿olvidas que solo somos personajes?

Algo iba a replicar Phan, pero un pitido prolongado hizo que se sobresaltara.

–Es un tren –explicó Briant–. Ayer también pasó, a la misma hora.

Y tras el ruido del tren, nuevamente el murmullo de sábanas y los movimientos pesados de Verne, que ahora se levantaba. Briant no se sentía tranquilo.

–Vamos, entremos en el libro de una vez.

–¡Espera! –dijo Phan–. Es nuestro creador, según tú, ¿no? Algo así como nuestro padre. Pues bien, quiero conocerle, quiero mirarle un rato y ver qué hace.

Escondidos en una estantería, los dos chicos espiaron a Verne. Era alto y corpulento. ¿Sería alto y corpulento en realidad? Porque para ellos todo parecía demasiado grande en ese mundo extraño que estaban descubriendo. Caminaba apoyado en un bastón, maldiciendo su torpe cojera mientras encendía la luz del quinqué. ¡Qué cansado parecía!

Tardó una infinidad en ponerse un pantalón holgado de estar por casa sobre el camisón de dormir y una bata de color rojo granate, la misma de la vez anterior. Cierto que era mayor, rondaría los sesenta, los setenta... A Briant le recordó a su abuelo, que tenía sesenta y dos años. Tenía la frente arrugada, despejada, y los cabellos rizados y blancos. Pero el rostro era agradable. Lucía una barba espesa y blanca. De sus ojos muy azules se escapaba la mayor de las tristezas.

Todo se repetía como un ritual: el afilado de los lápices, la escritura... Entró el criado, encendió la chimenea, dejó agua encima de la mesa, una taza de café. Le llamó de nuevo *monsieur* Verne. Verne dijo:

–Como siempre, Mathias, ya lo sabes. Hasta la hora del desayuno, que no se me moleste.

Y al hablar no pudo disimular un defecto en su cara que Briant, ávido lector de revistas científicas, llamó parálisis facial.

–¿Ves? –dijo Briant–. No es vago ni irresponsable, no es pereza lo que ha hecho que nos abandone. Está cojo, enfermo, es mayor y se levanta temprano y escribe. ¡Escribe! Tiene que haber otra razón. Pero ¿cuál?

–¿A mí me lo preguntas? Tú eres el listo, el sabelotodo –dijo Phan, gesticulando con ojos y boca.

–Entremos en el libro, ¡entremos ya! –exclamó Briant, azuzado por el miedo a que fueran descubiertos.

Y, saltando a las profundidades de este nuevo y también oscuro abismo, penetraron en lo que debía ser *Cinco semanas en globo*.

* * *

Se miraron el uno al otro. Se palparon y pellizcaron. Sí, no había duda. Estaban allí, todo lo reales que podían ser, no se trataba de un sueño.

Les rodeaba un vergel tan tupido que no dejaba pasar los rayos del sol. Era de día, pero bajo la vegetación solo existía una profunda sombra. Una nervadura de agua abundante corría en riachuelos pequeños y numerosos. Aun así, el calor resultaba asfixiante.

–Por lo menos estamos a cuarenta y cinco grados –dijo Phan, quitándose la ropa de abrigo que llevaba, un tabardo marinero que había encontrado en el yate, idéntico al de Briant, y que le quedaba grande.

Briant hizo lo mismo que Phan y ahora caminaban los dos con el tabardo bajo el brazo.

De pronto oyeron unas voces, llegaba el sonido claro a través de los árboles y se orientaron por él. Junto a un estanque de agua muy limpia tres hombres comían carne asada y bebían aguardiente y té. Hablaban en inglés. Aunque uno de ellos era alto y fuerte como un titán y su vozarrón atronaba, Briant y Phan comprobaron con alivio que el tamaño de todo volvía a ser el adecuado. Junto a él, apoyado en unas piedras, se sentaba otro hombre de parecida edad, unos cuarenta años. De talante tranquilo, daba la impresión de ser culto, inteligente, educado. Y luego estaba el más joven, un muchacho llamado Joe que se dirigía al hombre tranquilo como «amo».

Phan fue el primero en acercarse.

–Me llamo Doniphan –dijo Phan–, y vivo en Auckland, Nueva Zelanda, aunque soy inglés. Este es mi compañero de colegio, Briant, francés.

Y pronunció la palabra *francés* llenando de desprecio el gentilicio.

–Nos gustaría saber dónde estamos –dijo Briant como si no lo hubiera oído–, en qué lugar nos encontramos. No conocemos este paisaje.

El hombre tranquilo se pasó con parsimonia una pequeña servilleta por los labios y luego se levantó. Su ropa de viaje estaba sucia y arrugada, parecía llevar muchos días con ella, tal vez semanas, pero se veía de lejos que era cara y elegante, digna de un aventurero adinerado o de algún caballero de alcurnia.

–Soy el doctor Samuel Fergusson, inglés –se presentó–. Y estos son mis compañeros: Kennedy, escocés, y mi criado Joe. Y esto que veis a vuestro alrededor es un oasis, un oasis del desierto sahariano.

–¿Sahara? –casi gritaron los chicos a un tiempo–. Quiere decir... ¿África?

–¡Claro, muchachos!, sobresaliente en geografía, pero ¿de dónde salís para hacer esa pregunta?

Que de dónde salían. No tuvieron más remedio que explicar la verdad: que eran personajes de novela, que supuestamente pertenecían a un escritor llamado Jules Verne y que se habían escapado de su manuscrito.

Y como Fergusson y los otros no se inmutaban por lo extraño de la historia, Briant y Phan se confiaron y se lanzaron a la conversación atropelladamente, quitándose la palabra el uno al otro.

–Un manuscrito que Verne dejó sin terminar...

–Estábamos en la isla y un día, sin más ni más, nos abandonó...

–A veintidós grados bajo cero...

–Entonces nos fuimos del manuscrito...

–Nos largamos...

–Salimos a buscar respuestas, a investigar...

El doctor Samuel Fergusson los miraba fijamente y ahora meneaba la cabeza.

–Me lo estaba imaginando, ese aire de despiste, esa indumentaria... Sentaos –invitó–, sentaos y comed con nosotros. ¿Os gusta el asado? Es de antílope, seguro que sí. Nuestro amigo Kennedy lo acaba de cazar y siempre es mejor que la aburrida galleta o el seco *pemmican*. Comed, comed tranquilos y luego hablaremos. Probablemente tendréis infinidad de cosas que contarnos.

Capítulo cuatro
En el que prosigue el conocimiento de los personajes

Samuel Fergusson enarcó las cejas.

–Veamos –comenzó–. Decís que estabais en un yate, en el puerto de Auckland, esperando a vuestros mayores para hacer un bonito crucero y que, improvisadamente, las amarras se soltaron y os encontrasteis navegando a la deriva. ¿Voy bien? Después encallasteis en una isla desierta y os las ingeniasteis para salir adelante solos, sin los padres, e incluso acomodasteis una cueva como refugio y cuidasteis e instruisteis a los más pequeños, ¿no es eso? Hasta aquí, todo normal. Y después llega el invierno, baja la temperatura de forma considerable y la inactividad dentro de la cueva empieza a cansaros, empieza a hacerse insoportable, ¿me equivoco? Bien, chicos, ¿y qué hay de raro en eso? El frío excesivo tiene esos problemas.

–No, no es así exactamente –dijo Briant–. Algo va mal, el tiempo no pasa, el invierno dura demasiado.

–¿Estás seguro? –preguntó Kennedy, incrédulo–. También aquí el verano es eterno.

–¡África! ¡Ya ves tú! –apoyó Joe.

–¿No serán figuraciones vuestras? –insistió Fergusson.

–¡Claro que no! –protestó Phan–. Sabemos de buena tinta que Verne nos ha abandonado.

–Vimos nuestro manuscrito en una estantería de su casa –dijo Briant muy serio–. Estaba atado con cuerda de bramante, bien atado. Nadie ata y aparta un manuscrito inacabado, a menos que no quiera seguir con él.

–Y Verne trabajaba en algo distinto –añadió Phan.

–Otra novela. Parecía otra novela. Además el título nos da la razón: *Dos años de vacaciones*. Según nuestras cuentas no llevamos en la isla ni seis meses y el tiempo se ha parado. ¿Dónde están los dieciocho meses que faltan?

El doctor Fergusson se acarició la barba. ¿A qué historia se referían? ¿A *Dos años de vacaciones*? Jamás la había visto ni oído mencionar. Era pues probable que se tratara de algo no escrito aún, y entonces todo indicaba que esos chicos venían –Fergusson tuvo un pálpito– ¡del futuro! El doctor Fergusson sabía cosas importantes sobre Verne, sobre su trabajo como escritor, sobre su obra, y también detalles de su vida. Su talante fisgón lo había llevado en más de una ocasión a investigar más allá de esa frontera imprecisa a la que los chicos habían dado el curioso nombre de Nada. Sabía por ejemplo que todo lo que había escrito hasta *Cinco semanas en globo* eran libretos musicales y obras de teatro mediocres, a lo sumo algún relato científico sin demasiado interés. Él era por lo tanto el protagonista de la primera novela importante de Verne, y eso lo llenaba de orgullo. Y no parecía una mala novela.

Miró sonriendo a los chicos que, ansiosos, esperaban una respuesta. Como hombre experto en el oficio de vivir y veterano de casi todo, la impaciencia de la juventud siempre le había resultado graciosa.

–Y bien, muchachos, ¿qué podemos hacer por vosotros?

–Buscamos respuestas –dijo Briant–. Necesitamos saber por qué hemos sido abandonados. Queremos saber si nuestra aventura tendrá un final o si nos quedaremos atrapados para siempre en el invierno. Tenemos que averiguar si esto es normal, si a alguien más le ha ocurrido alguna vez una cosa parecida.

Los ojos de Samuel Fergusson brillaron, rememorando.

–No, no tengo la sensación de haber sido abandonado. En ninguna ocasión. Puedo dar fe de ello. ¿Y vosotros, Kennedy, Joe? ¿Opináis como yo?

–Aunque hubiéramos estado más escasos de aventura tampoco nos habría importado, ¿eh, Joe? –dijo Kennedy como respuesta, propinando un codazo ligero al más joven.

–Y tanto, señor Kennedy –reconoció el criado–. Menuda abundancia de sucesos.

Luego no había precedentes, al menos en *Cinco semanas en globo*. En la cara de los chicos apareció un velo de desilusión que el doctor Fergusson no pudo pasar por alto. Bien mirado, agradable no tenía que ser que en lo mejor de la historia la acción se paralizase.

–Decidme: ¿de qué año venís? O, mejor: ¿en qué año Verne escribe vuestra historia?

–1886 –dijo Briant, convencido–. Vi la fecha en el calendario de su habitación y la recuerdo.

–¡Caramba! –exclamó Fergusson–. Muchos años hay de diferencia con la escritura del nuestro, muchos en verdad.

Después pidió a Kennedy y a Joe que apagaran el fuego y que recogieran los utensilios utilizados, pues él, dijo, iba a ausentarse unos momentos.

Añadió, dirigiéndose a los chicos, que intentaría ayudarles en sus averiguaciones, pero que para ello tenían que confiar en él. Y ordenó a Briant, solo a Briant, que lo siguiera, a lo que Phan, resignado, esta vez no replicó.

Comenzaron a caminar. Dejaron el oasis, entraron en el desierto. Samuel Fergusson pudo haber escogido cualquiera de las muchas direcciones posibles dentro del paisaje amarillo e inmenso, pero tomó una, y lo hizo sin titubear: la que comunicaba directamente con la frontera oscura, la fosa negra, la Nada.

–La mano, hijo –pidió el doctor cuando estuvieron frente al abismo–, dame la mano y no se te ocurra soltarte si no quieres lamentarlo. Vas a hacer un viajecito en el tiempo.

Capítulo cinco
En el que se nos cuenta la fabulosa historia de *Cinco semanas en globo*

Briant estaba desconcertado y miraba a su alrededor como una res acorralada. ¿Dónde se encontraban? Habían saltado la frontera, cierto; habían penetrado en la Nada, pero ni un minúsculo fragmento de lo que ahora veía le resultaba familiar. A su lado estaba el doctor Fergusson, sonriendo, con ese aspecto tranquilo que transmitía tanto sosiego. Todavía tenían las manos agarradas y el doctor, viendo que Briant las observaba extrañado, se separó.

–Es imprescindible tenerlas unidas –explicó refiriéndose a las manos–, aunque solo sea en el momento de saltar, si lo que queremos es que *tú* entres a conocer *mi*... ¿cómo la habéis llamado? ¿Nada? Si no lo hiciéramos así, simplemente volverías a tu época y no podrías contemplar ni conocer otras épocas del pasado.

–¿No estamos en 1886?

–De ninguna manera –rio Fergusson–. Has retrocedido

un buen puñado de años. Te dije que ibas a hacer un viaje en el tiempo. ¿Recuerdas?

–Dígame al menos si esto es Amiens.

–¿Amiens? ¿Tiene esto pinta de ser Amiens? Solo hay que echar un vistazo a través de esa ventana para ver el corazón de la vieja, la hermosa París, ah, París. –Y Fergusson se puso a canturrear en francés con un acento bastante aceptable.

Briant estaba sobre ascuas.

–¿Y cómo es que existe una Nada en un libro terminado? Porque el suyo lo está, yo lo vi en la biblioteca de Verne.

–Lo estará, muchacho, lo estará. En tu época, desde luego, que teniendo en cuenta la fecha que has dado, supera a la mía en casi veinticinco años.

–¡Veinticinco años! –exclamó Briant–. Sí, muchos, de verdad.

–Hoy por hoy yo también pertenezco a un manuscrito inacabado. Pero eso es lo de menos, la Nada esta ahí, existe en cada historia escrita porque la acción y las descripciones siempre terminan de alguna manera, y tras ello, la Nada. *¡Voilà!,* como decís vosotros, los franceses. En realidad solo nosotros, los personajes, permanecemos inalterables en el tiempo.

–¿Y si usted quisiera conocer la mía, mi Nada, como yo ahora conozco la suya?

–¡Oh! Entonces viajaríamos a la inversa. Desde *mi* historia a *mi* Nada, como hemos hecho ahora; desde *mi* Nada, que es donde nos encontramos, a *tu* historia, después de buscar el libro entre los otros, en las estanterías. Y por último, desde *tu* historia, agarrado a tu mano, siempre agarrado a tu mano, no lo olvides, a *tu* Nada, es decir, a Amiens, al año 1886. ¿Lo entiendes?

Claro que lo entendía, e incluso le parecía bastante lógico. Pero el doctor vino a complicar la sencilla teoría.

–Siempre y cuando *tú* no fueras posterior a *mí*, por supuesto.

Briant, ahora desorientado, abrió mucho los ojos.

–Es decir –prosiguió el doctor Fergusson–, que malamente podré entrar desde mi Nada a tu libro, si dicho libro en mi época aún no se ha escrito.

La mente de Briant echaba humo. A él toda esa disertación metafísica lo pillaba de nuevas. Aún no habían dado el tema de la transmigración corporal en el colegio Chairman de Auckland, Nueva Zelanda.

–Con esto quiero decir –prosiguió el doctor Fergusson– que es posible viajar al pasado, pero imposible hacerlo al futuro. El pasado está ahí, como partículas de materia cósmica o de la manera que sea, en nuestro caso concretamente en forma de papel escrito. Pero el futuro... ¿Quién puede apostar un penique por él? El futuro en sí mismo no es, no ha sucedido, no existe. Tú estás aquí porque yo, para ti, pertenezco al pasado; en cambio yo nunca podré viajar a tu época porque para mí eres el futuro. Así de sencillo. ¿Alguna duda? ¿Todo claro?

–Co... como el agua –dijo Briant todavía bastante confuso. Y añadió–: Una pregunta más: ¿cómo sabe todas esas cosas? Parece tan complicado...

–Oh, simplemente las sé, vienen dadas con la configuración de mi carácter.

Samuel Fergusson había ahuecado un poco la voz y parecía crecerse ante la mirada atenta de Briant, que ahora despedía destellos de asombro.

–Qué bueno ser tan sabio, tan inteligente –reconoció el chico invadido de sana y justa envidia al comprobar que su «enorme talento» se quedaba microscópico ante la lúcida mente del doctor.

Y el doctor, al oírlo, no pudo disimular una vanidad exagerada, repleta de orgullo.

–Muchacho, no sé la situación de Verne cuando os crea a vosotros, pero sí puedo asegurarte que ahora se encuentra animado. Y eso que está pasando por apuros graves de dinero. Pero quiere triunfar con esta historia. Ha puesto gran ilusión en ella y ha puesto gran ilusión en mí. Por todo ello no es mérito mío ser como soy –movió la cabeza a derecha e izquierda–, no, no lo es. Me han hecho de esta forma y puedo dar gracias por ello. Y ahora, observa con detenimiento y no pierdas detalle –dijo el doctor Samuel Fergusson dando por finalizada la charla.

Esta vez era un cuartito húmedo, abuhardillado y pequeño, nada que ver con la espaciosa habitación de Amiens, en un piso forzosamente de alquiler. París, había dicho Fergusson, y Briant sintió una punzada de pena al aceptar que no visitaría, aun estando allí, la célebre Ciudad de la Luz, la capital de su patria.

Un ágil Verne, veinticinco años más joven, escribía a buen ritmo sobre una mesa estrecha de madera. Aunque estaba bastante más delgado y muy diferente, Briant lo reconoció de inmediato debido al poderoso e intenso azul de su mirada. Demacrado y ojeroso, parecía cansado y, sin embargo, algo muy bello resplandecía en su rostro, como si en este momento de su vida de verdad fuera feliz.

–¡Verne! –dijo Briant con la admiración de quien contempla una antigua y rejuvenecida imagen del padre.

–En efecto –dijo Fergusson–, Verne trabajando. Acaba de firmar contrato con un editor, el primer contrato importante de su vida. El editor ha aceptado su manuscrito de *Cinco semanas en globo* después de que Verne recorriera todas las editoriales de París durante meses. Es su gran obra, su novela de la ciencia, con la que entierra años y años dedicados a escribir vodeviles simplones y piezas teatrales sin nada de éxito. Robando horas al sueño ha empleado mucho tiempo en documentarse y ha leído tanto que le sobra información científica para unos cuantos libros más. Pero tiene que reformar el manuscrito, tiene que pulirlo por completo para hacer de él una verdadera novela, así se lo ha exigido su editor. Y debe hacerlo con prisa. Ha de estar listo en diciembre, para los regalos de Año Nuevo.

Briant se fijó en el calendario de la pared. Era noviembre.

–Así no hay miedo a que lo abandone –dijo para sí.

Y, de pronto, en un instante, la armonía se rompió. Un llanto de bebé inundó la casa, la pequeña buhardilla de paredes consumidas por las que los sonidos pasaban de una habitación a otra, amplificados como a través de un altavoz. El bebé berreaba con potencia. Verne estaba furioso. A gritos, pidió a su mujer que lo hiciera callar. La madre, al intentar apaciguarlo, chillaba más que él.

–En la época de la que yo vengo, Verne al menos tiene silencio, una casa grande, paz... –dijo Briant, compadecido.

–Ya lo supongo, es otra edad. Pero ahora es joven, está casado con Honorine, una buena mujer, y tiene un hijo. Verne siempre quiso ser un hombre casado. Cierto que el niño lo agobia, a quién no, y que su matrimonio no es el mejor matrimonio del mundo, pero no cambiaría su vida actual por la de unos años atrás... Oh, vaya, igual estoy hablando demasiado... Anda, husmea, investiga donde quieras y busca las pistas que puedas.

–¿No hay peligro?

–¡De ningún modo! Somos demasiado pequeños para él, yo diría que invisibles. Únicamente crecemos a través de las novelas. Personajes, chico, no lo olvides, solo somos personajes.

Claro, personajes. A él iba a decírselo.

Pero por más que Briant husmeó e investigó, no encontró nada que le permitiera aclarar su duda al menos en una mínima parte. Ante él había un hombre trabajador, exageradamente trabajador, que, lejos de abandonar manuscritos, podía escribir sin descansar durante horas.

Cuando volvieron de nuevo al oasis, Briant estaba decepcionado. Contó a Phan los pormenores de la excursión y, a pesar de intentar disimularlo, la voz le salió desinflada y rota.

–Ha sido emocionante viajar al pasado –dijo con tristeza–, pero averiguar, lo que se dice averiguar, no he averiguado nada.

–¿Nada? –saltó Phan, que había esperado el regreso de los viajeros con verdadera impaciencia.

–Menos que nada. Ahora la duda es mayor: ¿qué le sucede de pronto a un escritor responsable, trabajador, para que de la noche a la mañana y sin motivo aparente abandone una de sus novelas y empiece a escribir otra? La hemos fastidiado, Phan, Verne no nos quiere y algo me dice que no llegaremos a ver el final de nuestra historia.

–¡Entonces tienen que ayudarnos! –gritó Phan con vehemencia.

–¿Y cómo, mi querido amigo? –preguntó Fergusson–. Nosotros no podemos hacer nada más.

–Sí, sí que pueden. Pueden rebelarse, amotinarse con nosotros y negarse a vivir el final de la aventura, hacer presión para que Verne recapacite y termine nuestra historia.

Lo había soltado deprisa, casi sin pensar, pero en la pacífica mentalidad de los ingleses aquello cayó como un trueno.

–¿Rebelarnos? –bramó Kennedy, toda su sangre escocesa agitada–. ¿Nosotros? Muchacho, tú no sabes lo que dices, no estás en tus cabales.

–¡Negarnos a vivir el final de la aventura! –apoyó Joe, colérico–, ahora que vemos tan cerca el final. Con lo que hemos pasado...

Durante unos minutos los dos hombres siguieron disparando reproches a diestro y siniestro; el doctor, sin embargo, permanecía en calma. De pie frente a los chicos, escuchaba a unos y a otros y de vez en cuando echaba miradas a un globo aerostático que, anclado a pocos metros de allí, los esperaba para zarpar. Miró su reloj de bolsillo y arrugó la frente.

–Escuchad –dijo–, no podemos retrasarnos más, debemos proseguir nuestro viaje. Muchas cosas han pasado desde que partimos de la isla de Zanzíbar con la ilusión de atravesar África en globo. Algunas fantásticas, emocionantes; otras muy dolorosas. Nuestros ojos han contemplado muchas cosas bellas, nuestros sentidos se han visto desbordados de esplendor. Pero también hemos padecido agotamiento, alucinaciones y fiebres. Nos han perseguido hienas y chacales, monos rabiosos, hordas de mosquitos deletéreos, que en las inmediaciones del lago Victoria no se cuentan por miles, sino por millones. Hemos dado esquinazo a aborígenes feroces, a las tribus de Nyam-Nyam, que apuntalan las cabezas de sus víctimas en el Árbol del Guerrero, y hemos creído morir por la sed atrapados en este enorme desierto, pues el viento se ha negado a soplar durante días. Y cuando ya no albergábamos ninguna esperanza, y a punto de perder a Kennedy por el suicidio, aparece este oasis que veis, nuestra salvación, y también de esta odisea salimos ilesos.

»No, muchachos, no os vamos a ayudar en una rebelión. Estamos agradecidos a Verne por darnos la oportunidad de vivir aventuras semejantes. Presiento que el final está próximo. Nuestro globo sufre algunos desperfectos, pero algo me dice que llegaremos sanos y salvos a Senegal, a nuestra meta, y no en mucho más tiempo del que llevamos, seguro.

Una nueva oleada de desilusión acabó con el poco ánimo que le quedaba a Briant. Qué dignos personajes los de *Cinco semanas en globo*, tan llenos de conocimientos, de experiencia y de razón. Qué íntegros. No como ellos, niños, al fin y al cabo, jugando a ser robinsones. Natural que Verne no sintiese ningún afecto por ellos. Natural que los abandonase. ¿Qué se habían creído? ¡Bah! Críos, chiquillos. Solo eran críos educados para señoritos en el distinguido colegio Chairman de Auckland, Nueva Zelanda.

Nada más.

En poco menos de una hora, el doctor Samuel Fergusson y sus amigos ya estaban instalados en el globo. Antes de despegar aún les hizo una última recomendación ese gran hombre.

–No desfallezcáis, seguid investigando. Buscad a otros personajes, tiene que haber más libros escritos, ahora lo sé, vuestra propia existencia así lo garantiza. Tal vez encontréis a quien tenga menos prisa que nosotros y pueda ayudaros mejor. Pero no olvidéis nunca que cada vida es una madeja de cordel y cada día, una vuelta del ovillo. Deshaced el ovillo de cordel de Verne. Espero de verdad que halléis una respuesta.

Ya desde lo alto agitó un pañuelo en señal de despedida. Abajo, los chicos observaban cómo el magnífico vehículo aéreo se perdía en la lejanía, volviéndose más y más pequeño y más y más borroso. Ahora parecía un diminuto balón con el que las nubes, aburridas, jugaban.

–Briant... –dijo Phan.

–¿Sí? –contestó Briant.

–Teníamos una pregunta...

–*Tenemos* una pregunta.

–Y la pregunta es: ¿por qué Verne nos ha abandonado?

–¿No me digas? –respondió Briant con ironía sin dejar de mirar al cielo–. No lo sabía.

–Sin embargo, aún no tenemos ninguna respuesta...

Briant se volvió ligeramente airado.

–Lo sé. ¿A dónde quieres ir a parar?

–Acuérdate, adoquín. Dijiste que si no había una respuesta lógica para nuestro abandono, te sublevarías.

–¡Ah, era eso! Por supuesto. Por mi parte queda inaugurada oficialmente la rebelión.

Capítulo seis
En el que se nos presenta al valeroso Dick Sand

—Y ahora, ¿qué?

Despistados como animalillos sacados de su cubil y nuevamente en la habitación de Amiens, Briant y Phan revisaban la biblioteca de Verne. No querían derrumbarse, pero habían de admitir que volvían a encontrarse en el punto de partida sin haber solucionado nada hasta la fecha.

O casi nada. Conocían al menos la pequeñez que los volvía invisibles y también la forma de viajar entre Nadas.

Algo era algo.

Pero lo de deshacer el ovillo de cordel de Verne parecía bastante complicado.

Por las mentes de los dos chicos campaba el recuerdo de su reciente aventura y de aquellos hombres admirables a los que, con toda probabilidad, no volverían a ver. Y si el consejo último del doctor Fergusson tenía fundamento, debían buscar nuevos personajes, tenían que seguir investigando.

–Este me gusta –dijo Briant señalando el libro titulado *La vuelta al mundo en ochenta días*–. Entremos aquí a mirar.

–¿Y por qué no en este otro? –dijo Phan con un pie dentro de *Un capitán de quince años.*

–De acuerdo. Entra en *Un capitán de quince años.* Viajaremos solos. Después nos juntamos aquí, en la habitación de Verne, para contarnos lo que hayamos descubierto.

Dicho esto se despidieron. Podían haber quedado en reunirse en la isla y de paso informar a sus compañeros de los pasos que iban dando, pero aunque no hablaron de ello, existía un pacto tácito: no abandonarían la misión sin una respuesta, no regresarían con las manos vacías.

Phan apareció nuevamente en África, esta vez en el centro del continente, en las profundidades de la espesa selva angoleña. Allí conoció a Dick Sand, el capitán de quince años, en penosísimas condiciones: prisionero en una caravana de esclavos. Todos eran negros, menos él, y aunque gracias a eso no llevaba grilletes, los crueles vigilantes lo trataban con dureza y, al igual que sus compañeros de infortunio, caminaba a golpe de látigo. Pero no se quejaba. Su pensamiento estaba con la amable señora Weldon y su pequeño hijito Jack, a quienes había prometido llevar sanos y salvos a San Francisco, a su patria, y de quienes había perdido la pista.

Y toda su historia era bien triste, según relató a Phan en medio de la noche y en voz muy baja para no ser sorprendidos por los guardianes. Abandonado al nacer, fue educado por la caridad pública. De esta época guardaba amargos recuerdos de los que prefería no hablar. Cuando cumplió ocho años se alistó de grumete en un barco *donde aprendió el oficio de marinero como se debe aprender: desde la menor edad,* haciendo al principio los trabajos más duros y humillantes. Hasta que James W. Weldon, el armador multimillonario, lo tomó bajo su mando y completó su formación.

–Por fin parecía que mi vida mejoraba –prosiguió Dick Sand–. Antes de llegar aquí, a África, viajábamos en un ballenero de cuatrocientas toneladas, del armador Weldon, un padre para mí. Yo era el segundo de a bordo. Habíamos faenado en el océano Pacífico y volvíamos a casa, a San Francisco. La amable señora Weldon y su hijito viajaban en el barco, sin el señor Weldon, que los esperaba allí. Durante la travesía recogimos a cinco náufragos negros como el betún, ¡desdichados!, no habrían sobrevivido sin nosotros. Resultaron ser unos buenos hombres, unos verdaderos amigos. Pero después de este encuentro todo fueron desgracias. El capitán de nuestro barco murió en un accidente y yo tuve que asumir el mando. Imagínate, a mi edad capitán de barco.

Phan atendía con curiosidad extrema.

–Si ibais a San Francisco, ¿qué pasó para que acabarais en África?

–Una mano enemiga desvió el barco durante una tormenta. Falseó las brújulas y yo me dejé engañar. Era el cocinero del barco, un hombre perverso y ruin al que apenas conocíamos. Al recoger a los cinco negros la codicia se desató en él y decidió venderlos en África a algún buque negrero.

–Pero tú ¿qué haces prisionero? Tú no eres negro...

–Pero sí un gran enemigo para los planes del cocinero. Sabe que yo, como capitán, no voy a abandonar a esos infelices a su suerte. Le estorbo y quiere deshacerse de mí. Y hasta puede que lo consiga, no sé si saldré de esta con vida. A la señora Weldon y a su hijo los llevaron a otra parte. Espero que hayan corrido mejor suerte que yo.

Phan escuchaba maravillado. Le pareció que estaba ante un héroe, un héroe de quince años.

Y como Dick Sand había contado su historia a Phan, Phan contó la suya a Dick Sand, lo del abandono en mitad del invierno y lo de la investigación en busca de respuestas que aclarasen sus dudas. Resultó que el joven capitán también tenía una gran pregunta en el aire.

–Muchas veces me pregunto por qué he de tener tanta carga, tanta responsabilidad sobre mi espalda. ¡Caray! Solo tengo quince años y he vivido ya lo que muchos adultos no vivirán jamás.

–¿Y qué piensas hacer? –quiso saber Phan.

–Es una decisión difícil... Me acuerdo constantemente de la señora Weldon, a la que prometí llevar a su casa, y de los compañeros negros de los que me hice responsable, míralos, atados, heridos, apenas pueden caminar. Me remuerde la conciencia no haber sido capaz de cuidar mejor de todos ellos. Pero ahora que te he conocido yo también siento que necesito respuestas. Quiero investigar contigo y supongo que este es el momento. Además creo que tengo algo que puede ayudarnos.

Dick Sand metió la mano en el bolsillo de su pantalón y sacó un papel húmedo y arrugado.

–Un perro lo trajo la pasada noche hasta mí, en la boca. Alguien le mandaría que lo hiciera. Luego volvió a desaparecer. En el papel ponía que entregara este mensaje únicamente si encontraba en mi camino a algún personaje rebelde. Al leerlo no comprendí nada, pero ahora, al escucharte.... Tal vez tú le encuentres un significado.

Las manos nerviosas de Phan desdoblaron con ansia el pequeño papel mojado. Sin lugar a dudas él era el personaje rebelde, por lo tanto el mensaje le pertenecía. Pero al abrirlo...

–¿Esto es todo? –dijo Phan desilusionado ante un único dibujo críptico y borroso.

–«Móvil en lo que se mueve» –tradujo, recordando las clases de latín del profesor Leopoldus–. Y una gran *N* en el centro.

–El mensaje también decía algo así como «Nadar deshace el ovillo...» –dijo Dick Sand.

–¡De cordel! –interrumpió Phan, ahora mucho más animado.

–Sí, de cordel, eso ponía. Pero todo eso se ha borrado.

–Pero al menos el mensaje se aproxima poco a poco a mi problema –dijo Phan–. Dick, espérame aquí. He de volver a la habitación de Amiens, a reunirme con Briant. Pronto volveré por ti, porque, ¿estás decidido? ¿Sigues pensando en venir con nosotros?

–Ya te he dicho que también yo tengo una pregunta. Pues bien: una vez que salga de mi historia no volveré a ella hasta que no descubra la respuesta.

Capítulo siete
En el que conocemos a la bellísima Auda, de *La vuelta al mundo en ochenta días*

Briant, mientras tanto, había entrado en *La vuelta al mundo en ochenta días* y tras el salto, aterrizó en el *General Grant*, un vapor que transportaba viajeros por el océano Pacífico. Allí conoció a una bellísima joven hindú de raza parsi que le contó su historia. «Estoy viva de milagro», le confesó al empezar el relato con su dulce voz. Todo había comenzado unos días antes, en la India. Auda, que así se llamaba la joven, siguiendo una cruel tradición, iba a ser quemada viva junto al cadáver de su esposo, un viejísimo rajá con el que la habían casado por la fuerza. Una comitiva fúnebre la transportaba al lugar de la hoguera donde, al despuntar el alba, sería inmolada. Iba vestida con un traje de ceremonia, y ricamente enjoyada. La habían embriagado o narcotizado, ya que apenas se sostenía en pie, con el fin de que no se resistiese, y así la vio el riquísimo e impasible caballero Phileas Fogg, de Londres. Fogg se encontraba dando la vuelta al mundo en un tiempo récord, ochenta días, para intentar ganar una importante apuesta. A su paso por la India, de manera completamente casual, se había topado con el dramático suceso. Nadie sabe si se sintió afectado por la triste suerte de la chica, ya que nada en él delató que así fuera, pero el caso es que, según sus cálculos, le sobraban doce horas. De seguir así, estaría de vuelta en Londres en setenta y nueve días y medio en lugar de los ochenta acordados, por lo que este hombre puntual, metódico y exacto como un reloj suizo pensó que bien podía dedicar el sobrante de tiempo a salvar a la bella viuda. La vida de Auda no valía un penique si permanecía en su país. Por ello, tras salvarla, le propuso que lo acompañara en su viaje. Ella, llena de gratitud, había aceptado. En el momento que Briant apareció en sus vidas se encontraban a bordo del *General Grant*, después de que Mr. Fogg hubiera recorrido Europa y Asia, es decir casi medio planeta, en tantos días como tenía previsto.

Sin embargo, Briant notó a Auda disgustada. Su protector la cuidaba y atendía, estaba pendiente de ella, pero era un hombre desapasionado, demasiado glacial e indiferente. Ella se había enamorado de él, pero Mr. Fogg no daba señales de corresponderla. «Y no puedo entenderlo», pensaba Briant, «porque no he visto chica más guapa y simpática en todos los días de mi vida.»

Por ello, convencerla para un cambio de rumbo fue sencillo. Se prestó enseguida a salir de aquella historia en la que no se sentía valorada. Porque Auda, además, desde que podía recordar tenía una cuestión que la intrigaba.

–Quiero saber por qué se me ha dado un papel tan pasivo en esta historia, por qué no cuenta mi opinión. Soy un cero a la izquierda. El viaje contigo será lo primero que haga por mi cuenta, sin que nadie decida por mí.

Briant prometió que, después de hablar con Phan, volvería al *General Grant* a buscarla.

Antes de decidirse del todo a abandonar el barco, Auda conversó largo rato con Phileas Fogg. Le pidió varias veces que la acompañase, que buscara junto a ella su respuesta insistiendo en que pronto estarían de vuelta. Pero el inglés, sin mostrar flaqueza o sufrimiento, educadamente rehusó.

–He de terminar mi viaje –le dijo–, ahora es lo que más me preocupa y no puedo permitirme perder tiempo ni por lo tuyo ni por nada.

–Pero el tiempo no puede correr si abandonamos nuestra historia y luego regresamos al mismo punto del que partimos. Es pura lógica.

–Oh, querida, ¿qué sabes tú del tiempo y de la lógica? –respondió Fogg casi sin mirarla.

Auda aún intentó convencerlo, hurgando en unos sentimientos en apariencia ocultos o inexistentes.

–Dime al menos que me quede a tu lado y lo haré. Eso me bastará para cambiar de idea.

Enseguida supo que se había equivocado.

–Amiga mía, te salvé de tus verdugos, nadie te persigue ya; eres libre por lo tanto de hacer lo que prefieras. En mí tienes al más fiel servidor, nunca a un amo, y puedes marcharte si ese es tu deseo, yo no te lo impediré. Pero pienso que deberías permanecer conmigo porque es más seguro para ti. Eres una mujer. ¿Cómo vas a desenvolverte sola?

–¡Y eso qué puede importarte! –replicó Auda, abatida–. Tu apuesta importa mucho más.

Parecía que Phileas Fogg empezaba a impacientarse. Y no era un hombre nervioso, sino todo lo contrario. Acaso la separación de Auda lo afectaba más de lo esperado.

–Entonces... ¿no vienes? –dijo Auda.

–No voy –dijo Mr. Fogg.

Ella lo miró durante un rato con los labios apretados y temblorosos y los puños crispados, como si fuera a echarse a llorar. No lo hizo. Tan solo dio media vuelta y ofreció su espalda al frío e imperturbable personaje.

«Una extraña reacción», pensó Briant, aunque no acertaba a precisar por qué. En el colegio Chairman de Auckland, Nueva Zelanda, no habían dado psicología femenina.

Phileas Fogg vio cómo Auda se alejaba sin que un centímetro de su cara se conmoviese, y Briant, que lo observaba con detenimiento, pudo notar cierta humedad en el borde enrojecido de sus ojos.

Fue una flaqueza casi imperceptible. Luego, acercándose a Briant, le dijo con la desgana del derrotado:

–Si decide marcharse contigo, cuídala, tan solo es una mujer. Cuídala como yo lo haría.

–Entendido –dijo Briant.

–¿Lo prometes? ¿Das tu palabra de hombre?

–¿De... hombre? –Briant titubeó.– S... Sí..., por supuesto, tiene mi palabra.

–Entonces, buscad a Nadar, os espera en el Nautilus. No lo olvides. Nautilus. Nadar.

–¿Dónde? ¿A quién?

Pero Mr. Fogg ya se alejaba caminando y se perdía por algún recodo de los muchos del inmenso barco.

Capítulo ocho

En el que los chicos cuentan sus impresiones y, además, conocemos al misterioso y enigmático capitán Nemo

Y todo esto se lo habían contado los chicos de vuelta a Amiens, tal como habían quedado, mientras Verne, infatigable, escribía la odiada novela rival.

Juntos repasaron los dos mensajes recogidos: el críptico dibujo circular y lo de buscar a Nadar en el Nautilus.

–También Dick Sand me habló de ese Nadar –dijo Phan.

Por alguna razón desconocida los distintos personajes parecían querer ayudarles. Y por lo visto podían. Pero ¿quién era Nadar?

Briant se rascaba la cabeza. Se levantó de un salto y nuevamente se dispuso a revisar las novelas de Verne. Era un trabajo largo y complicado, pues había muchas. Estaban en verdad ante un productivo escritor, un fabricante en serie de libros, un obrero de la palabra. La pregunta sin respuesta los quemaba ahora como el fuego de una brasa. ¿Cómo siendo Verne así pudo llegar a abandonarlos?

Posiblemente pasó mucho rato, días, semanas tal vez; imposible calcularlo. El tiempo se les escurría entre los dedos y se negaba a ser medido o calibrado. Los chicos se zambullían en las páginas de las novelas. Hubo momentos de alegría en los que creyeron estar cerca de lo que perseguían, pero también hubo otros en los que se sintieron muy desanimados.

–¡Aquí está! –gritó de pronto Briant–: *Veinte mil leguas de viaje submarino.* Un submarino *móvil* que se desplaza en un medio que *se mueve*: el agua. He visto por algún sitio el criptograma. Y escucha, su dueño es un extravagante y solitario personaje que se hace llamar capitán Nemo.

–¡Entonces ya lo tenemos! Y si MOBILIS IN MOBILE se refiere al submarino..., ¿la *N* del centro del dibujo será la *N* de Nadar?

–No lo creo. Será la *N* de Nemo. O la del propio submarino, que se llama Nautilus, Phan, lo he leído. ¡Nautilus!

Briant y Phan casi se abrazan. Hallado el Nautilus, solo quedaba entrar ahí y preguntar a Nemo o a cualquiera por Nadar.

Pero algo les decía que no serían bien recibidos.

–Este capitán Nemo no me gusta. Parece de pocos amigos...

–¡Capitán Nemo! ¡Capitán «Nadie»! –exclamó Phan, volviendo al latín del profesor Leopoldus–. ¿Qué clase de hombre será para llamarse así?

Antes de entrar en el Nautilus debían regresar a los sitios de antes y reunir a los nuevos amigos, como habían prometido.

–No hay problema –dijo Briant–. Lo he mirado y tanto Dick Sand como Auda han sido creados después de *Veinte mil leguas de viaje submarino* y pueden ir con nosotros allí. ¿Recuerdas bien la forma de viajar al pasado?

–Eh... creo que sí... –dudó Phan–. De la historia de Sand agarrado a su mano, a su Nada, y de su Nada a *Veinte mil leguas de viaje submarino,* ¿no?

–Sí, así es. Hasta pronto, Phan, nos vemos todos en el Nautilus.

De pronto se sentían eufóricos, exaltados. En algún lugar habían oído que la unión hace la fuerza.

Ya estaban en el Nautilus, Briant, Doniphan, Auda y Dick Sand, en un salón tan espacioso que no parecía el salón de un submarino, sino el aposento de la vivienda de algún rico magnate. Aunque cada rincón podía ser admirable, lo más llamativo era una cristalera ancha y larga, como la de un acuario, por donde se veía, profundo y misterioso, el fondo del mar.

Y toda la nave, en general, era prodigiosa, ultramoderna, un aparato complejo y futurista, imposible de imaginar si no se observaba desde dentro. Como una enseña, cualquier objeto que alcanzaba a ver la vista llevaba impreso, grabado o cincelado el ahora resuelto criptograma:

Nada más llegar, un miembro de la tripulación los condujo a ese salón. No había sido muy amable. Hablaba poco y en un idioma incomprensible (no era inglés, ni francés, ni español, ni siquiera árabe o japonés); solo le entendieron una cosa: allí no estaba Nadar.

Por qué Nadar los reunió en el Nautilus por medio de mensajes y mensajeros y ahora los dejaba solos carecía de toda lógica. De pronto, las cosas se complicaban, nada sucedía como cabía esperar y el final de la aventura se alejaba. ¿Cómo no desanimarse?

Y si no estaba Nadar, ¿qué hacían allí? ¿A quién esperaban? ¿Por qué nadie venía a recibirles?

Las horas se sucedían a ritmo desacelerado, ahora medidas por un reloj de pared. Transcurría el tiempo lento y se llenaba de inmensos silencios. En esos instantes infinitos unos y otros se estudiaban. La belleza de Auda, muy blanca para ser hindú, resaltaba entre los chicos mal vestidos y peor peinados. Era una belleza dulce como de bizcocho de jalea, y a la vez delicada como una porcelana Ming. Vestía ropa a la europea, pero un pequeño lunar rojo tatuado en la frente delataba su condición de mujer casada (ahora viuda) de origen parsi. Sus ojos eran del color de la madera oscura, madera de ébano o de wengué. Educada, contenida, aquella situación sin embargo desfiguraba sus rasgos y había comenzado a pasear recorriendo siempre el mismo espacio. Ya no miraba el fondo marino a través de la cristalera y tampoco sonreía. Se dirigió a la puerta con determinación. Dijo que ella no había dejado el *General Grant* para mirar una pecera. De pronto, toda su delicadeza se volvía fuego. Tomó el picaporte y empezó a sacudirlo con fuerza: la puerta ni se movía.

Iba a gritar, a aporrear la puerta, pero entonces se abrió y un hombre apareció tras ella. Era alto, arrogante, de serenos y profundos ojos negros. La firmeza de su porte revelaba una gran seguridad en sí mismo. Una ligera mueca en la boca tal vez fuera una sonrisa. Auda palideció ante su vista y el enfado que tenía se le disipó como el humo de una pipa.

–¿Capitán... Nemo? –preguntó sin poder apartar los ojos de él.

–El mismo –respondió él devolviéndole a su vez toda la intensidad de su mirada–. ¿Y vos?

–Auda –dijo ella.

–Auda qué.

–Auda... nada. Solo Auda.

Luego Nemo reparó en su mano, agarrada aún al picaporte de la puerta. Le pareció muy blanca y muy suave. ¡Por Neptuno! ¿Cuánto tiempo hacía que no veía ni tocaba la mano de una mujer?

–Pues bien, Lady Auda –dijo sin poder resistirse a tomar esa mano entre las suyas–, mientras dure vuestra estancia en el Nautilus, aceptad el rango de invitada de honor.

De esta manera se conocieron Auda y el capitán Nemo, pero aún no podían calibrar las futuras consecuencias del encuentro.

Capítulo nueve
Los fugitivos en el Nautilus

En los días sucesivos, el capitán Nemo se dedicó a dos ocupaciones que le acapararon la totalidad de su tiempo.

Una fue mostrar su maravilloso Nautilus a Auda; la otra fue cortejarla.

Juntos recorrieron las distintas dependencias del submarino: la sala de máquinas, con sus generadores de electricidad y sus depósitos de aire, la bodega y la cocina, en las que no se almacenaba producto alguno que no procediera del mar; la gran biblioteca, con sus casi doce mil volúmenes, y la sala destinada a museo decorada con bonitos arabescos, donde lo mismo se podía ver un Rafael o un Tiziano que un Veronés o un Velázquez.

–Pero... entonces... ¿Eres rico? –preguntó Auda sin pararse a pensar si la pregunta era o no impertinente.

–Inmensamente rico, y sin mucha molestia podría pagar los doce mil millones de francos a que asciende la deuda exterior de Francia, por poner un ejemplo.

Le contó que viajaba desde hacía años en el Nautilus con su fiel tripulación, todo hombres. Que con ellos se entendía hablando un idioma particular, único en el mundo. Que había perdido el contacto con la sociedad por motivos que no explicaba a nadie. Que no pisaba tierra firme desde que se recluyó en su nave y si caminaba fuera de ella, lo hacía por el fondo del mar. Que había roto con la humanidad, a la que despreciaba. Que no obedecía sus reglas...

–Pero mi Nautilus y yo mismo estamos capacitados para la vida marina como vosotros lo estáis para la terrestre.

A Auda le pareció un hombre asombroso, original, excéntrico y, sobre todo, terriblemente atractivo.

Una vez al día, el Nautilus salía a la superficie a tomar aire y cargar sus provisiones de oxígeno, a respirar lo mismo que una ballena. Durante ese rato, Nemo llevaba a Auda afuera y, sentados en el acero del exterior, hablaban y se contaban sus cosas. O contemplaban el mar, que nunca era el mismo. O se miraban ellos. Algunos anocheceres tibios simplemente admiraban en silencio la luna, que flotaba brillante sobre sus cabezas, como una bola de plata.

Desde que Nemo había tocado la mano blanca de Auda, estaba dominado por su presencia y se preguntaba si aquella hermosa mujer tendría el resto de la piel igual.

–El mar me proporciona todo cuanto necesito –le confesó cierto día–, excepto una cosa: tú.

Auda sonrió ruborizándose ligeramente.

Entretanto, Dick Sand, Briant y Phan esperaban a Nadar en el Nautilus, solo por ese motivo seguían allí y, aunque nada básico les faltaba, cada vez que intentaban preguntar a Nemo por él recibían la misma respuesta: pocas palabras y en el extraño idioma, idioma que solo abandonaba para hablar con Auda.

Dick Sand opinaba que el capitán sabría el paradero de Nadar y que, además, tendría una razón poderosa para mostrarse así de esquivo con ellos.

–¿Tú crees? ¿No será que le resultamos antipáticos y que no nos echa del Nautilus para que no nos llevemos a Auda? –dijo Briant con la autoestima por el suelo.

–Lo dudo. He conocido a muchos hombres de su talla, capitanes de barcos importantes con una tripulación fiel, como la del Nautilus. Suelen ser grandes tipos, íntegros y de un carisma especial, no simples individuos que odian o desprecian porque sí, sin una causa. Os repito: Nemo tendrá una razón para portarse con nosotros como se porta, y si queremos que deje de ignorarnos y nos escuche, Auda es el único camino posible.

–¿Qué quieres decir? –preguntó Phan.

–Quiero decir que Auda es la única que puede tener poder sobre Nemo para convencerle de que nos escuche. Por nuestra parte poco podemos hacer. –Dick Sand se encogió de hombros.– De nosotros no se ha enamorado.

Tuvieron que acechar a Auda durante todo un día para encontrarla sola, algo difícil de verdad. Al no conseguirlo, decidieron acudir a su camarote por la noche, justo antes de dormir, saltándose las leyes de buenos modales y respeto a la intimidad que tanto Briant como Phan habían aprendido en el colegio Chairman de Auckland, Nueva Zelanda. Con unos golpecitos suaves llamaron a la puerta.

–¿Sí? –se oyó al otro lado.

–Auda... –susurró Briant acercándose a la rendija–, somos nosotros. Tenemos que hablar contigo.

Pasaron unos segundos, la puerta se abrió y Auda apareció enfundada en varias toallas. Como cualquier tejido de los utilizados en el Nautilus, también el de la ropa de aseo procedía de los bisos de conchas, lo que le daba una apariencia y una textura muy especiales. Bajo el turbante que ocultaba su melena recién lavada se escapaba un mechón huidizo, negro y brillante, como el pelo de un felino.

–Si interrumpimos algo... –dijo Briant viendo que salía del baño.

Auda le revolvió los cabellos.

–Nada, querido Briant, nada que no pueda esperar.

Y sonrió con los ojos y con los labios. Briant la miraba embobado. Desde luego era encantadora. No era difícil entender la actitud del capitán Nemo hacia ella.

–Verás... –dijo Briant–, creemos que el capitán Nemo se niega adrede a ayudarnos. No sabemos por qué lo hace, pero lo hace. Está poniendo obstáculos en nuestra búsqueda de respuestas.

Y recordó a Auda los mensajes de Dick Sand y Mr. Fogg que los habían puesto en el camino del Nautilus, en el camino de Nadar, quien con toda probabilidad tendría la respuesta a sus preguntas.

–Pero hemos llegado aquí y no solo no está Nadar, sino que Nemo nos ignora y no nos dice cuál es su paradero.

–Estamos convencidos de que el capitán Nemo sabe *quién* es Nadar –aseguró Phan.

–Y sobre todo *dónde* está Nadar –dijo Dick Sand.

Tras esta afirmación los cuatro se quedaron en silencio. Sí, esa era la cuestión más importante, dónde estaba Nadar.

–De acuerdo –dijo Auda–, pero ¿qué puedo hacer yo?

Le explicaron que tenía que conseguir que Nemo hablara con ellos. Sin idiomas extraños ni rechazos de ningún tipo. En cuanto les diera información sobre Nadar se irían del Nautilus sin tardanza y nunca más lo volverían a molestar.

–Si no lo consigues tú, no lo consigue nadie –dijo Dick Sand, cabizbajo.

Auda prometió que lo intentaría con todas sus fuerzas y Dick Sand, Briant y Phan salieron de su camarote algo más esperanzados.

Cuando estuvo sola, Auda se sentó en el tocador y desenrolló la toalla que sujetaba su cabello. Frente a ella, numerosos frascos de delicada talla contenían las más exóticas esencias, fabricadas siempre a partir de algas aromáticas o de cualquier otro vegetal recogido del mar. Eran algunos de los muchos regalos de Nemo. En el suelo, un recipiente lleno de guijarros masajeaba sus pies. Delante del espejo, mientras se peinaba (por supuesto con peine de carey), los recuerdos volaron hacia Mr. Fogg, aquel buen hombre que la había salvado de una muerte horrible en la hoguera y a quien había prometido regresar. El espejo le devolvió la imagen de una traidora, de una mujer ingrata y desleal que nada tenía que ver con la joven que unos días antes había salido del *General Grant*. ¡Casi no podía creerlo! Qué pronto había olvidado los peligros que pasó Phileas Fogg para rescatarla. Con qué rapidez arrinconaba la gentileza que tuvo invitándola a acompañarlo en su viaje alrededor del mundo. Pero es que Nemo la estaba embaucando, hechizando con aquella serie de galanterías y atenciones que, por contraste con el carácter desapasionado de Mr. Fogg, ella recibía como un curativo bálsamo.

Una gota de agua resbaló por su mejilla. ¿O acaso era una lágrima? Mañana mismo hablaría con Nemo. Porque, si era cierto que Nemo sabía el paradero de Nadar, ella también quería saberlo. Luego proseguiría con los chicos la búsqueda de respuestas y volvería cuanto antes junto a Mr. Fogg. En su mente lo imaginó abrazándola y besándola para celebrar el reencuentro. Le decía que la amaba y le pedía que compartiera su vida con él. Le rogaba que no volviera a abandonarlo. Ella, emocionada, decía a todo que sí.

–¡Qué bonito sueño! –suspiró–. Si no fuera tan reservado, tan indiferente...

Daba igual. Era su protector y ella, además de amarlo, le estaría eternamente agradecida.

Capítulo diez

En el que se cuenta la conversación entre Lady Auda y el capitán Nemo

Desayunaban Nemo y Auda en el comedor del Nautilus. Auda tenía mala cara; no había dormido bien. Tampoco probaba bocado. Nemo no pasó nada de esto por alto y quiso saber qué asunto turbaba su pensamiento.

–Tengo que pedirte algo... –empezó Auda, revolviendo distraídamente con su cucharilla la crema de almejas del Índico a la esencia de alga nori negra que el chef de cocina les había preparado.

–Tus deseos son órdenes, querida mía. Y si me pides la luna, fabricaré una escalera muy alta y te la traeré. Pero come, anda, prueba esta exquisita receta.

–Se trata de los chicos...

Nemo degustaba la crema y de pronto dejó la cuchara en el plato y la miró.

–¿Qué pasa con los chicos?

–Bueno, de los chicos... y de mí. También se trata de mí.

Hubo una pausa. Auda notaba la mirada penetrante del capitán, tan distinta a la mirada de otras veces.

–Creemos que sabes algo de Nadar.

–¿De quién? –dijo Nemo, tranquilo.

–De Nadar, alguien que nos esperaba aquí y que debía ayudarnos a...

–Basta, querida, no te esfuerces. Pero ¿por qué había de saber yo algo de Nadar?

–Ha estado aquí. Nos esperaba, recibimos mensajes de su parte. Es tu submarino, tu casa, es lógico que conozcas a la gente que te visita, es lógico que sepas quién es Nadar.

–Oh, veo que sabes mucho de lógica...

Auda enrojeció. ¿Dónde había escuchado antes palabras parecidas? Continuó; una leve furia le subía por el pecho.

–Salimos de nuestras historias porque tanto los chicos como yo tenemos una duda, una pregunta en el aire que queremos resolver. Y pensamos que Nadar conoce las respuestas. –Nemo permanecía sereno. No hablaba, observaba a Auda con los ojos muy abiertos.– Los chicos han intentado hablarte, pero te niegas a escucharlos. Los rechazas y solo les diriges la palabra en tu idioma incomprensible.

–¿Algo más?

–Quieren... Queremos... Exigimos que nos reveles información sobre Nadar.

El capitán se puso en pie con ímpetu. Serio, no levantaba la voz.

–¡Jamás!

–¿Por qué?

–No tengo por qué darte explicaciones.

–Claro que tienes que darme explicaciones. Phileas Fogg dijo a Briant que viniésemos al Nautilus, que aquí nos esperaba Nadar. Ya hemos llegado. ¿Quién es Nadar? ¿Por qué no lo hemos visto? ¿Dónde está? Tienes que decírnoslo, y tienes que decírnoslo ahora.

–Jamás –repitió el capitán Nemo–. Y ahora, discúlpame. Tengo trabajo.

Y se marchaba, abandonaba la habitación, más entero y erguido que un poste.

Auda flaqueaba, su carácter sumiso no luchaba a su favor. Pero había hecho una promesa a los chicos y era mujer de palabra.

–¡Espera! –Corrió tras él y lo retuvo por un brazo.– No te vayas así. Te pido por favor que nos ayudes. Más por los chicos que por mí. Sé que tienes una razón poderosa para no hablar, pero dímela, dime la razón de tu silencio, es posible que pueda entenderla.

–No, no creo que puedas.

–¿Por qué no? ¿Es que nadie va a valorarme? No soy *solo* una pobre mujer, soy un ser humano como tú, con un pasado, con una porción de vida vivida, con conocimientos, sabiduría, experiencia. Como cualquiera. ¿Por qué todos los hombres que he conocido os empeñáis en ignorarlo? Puedo entender tus razones, Nemo, y puedo entender muchas cosas más. Sois vosotros, los hombres, los que no podéis comprender que una mujer piense, que decida, esta es la duda que me obsesiona y por la que dejé mi historia.

Nemo se había detenido y ahora escuchaba a Auda con un notable cambio de expresión. Estaba admirable enfadada, casi más que sin enfadar. Se le formaba una graciosa arruga en la frente y le brillaban los ojos, aquellos preciosos ojos del color de la madera de ébano o de wengué. Tomó entre sus manos un gran mechón de su cabello e inspiró con deleite. Olía agradablemente, intensamente a mar, su aroma predilecto. Por un momento se sintió sometido y dominado por aquella fragancia.

–Es cierto que tengo algo para vosotros, «personajes rebeldes», como os llamó Nadar. Un mensaje. Y me lo dejó él, el propio Nadar, por si veníais. Os esperaba en el Nautilus, pero pasó el tiempo, tardabais demasiado y se tuvo que marchar. Dijo que no se olvidaba de vosotros, que seguiría buscándoos por otros lugares... En fin, apenas intimé con él, ya sabes que la conversación con extraños no es mi fuerte. –Nemo tomó aire.– Ahora bien, el motivo de mi silencio... –dijo, dejando el mechón con suavidad sobre la espalda de Auda–, el motivo de mi silencio es que tú también buscas una respuesta y que, si os ayudo, correrás con ellos a encontrarla.

–Bien, ¿y qué hay de malo?

–Me abandonarás, te perderé para siempre. Y yo ya no quiero vivir sin ti.

Conque era eso. Su silencio con los chicos, su desprecio hacia ellos se debía a eso. ¿Debía sentirse halagada, o tal vez culpable?

Pero había dicho «quiero» en lugar de «puedo». Ni aun suplicando perdía su altivez el capitán Nemo. Auda se devanaba los sesos intentando encontrar una solución que lo ablandara.

–¿Y si prometo quedarme contigo hasta que ellos encuentren las respuestas?

–Explícate –dijo Nemo sin mover apenas los labios.

–Quiero decir que, en lugar de acompañarlos, en lugar de viajar con ellos, los esperaría aquí, a tu lado.

–¿Y después?

–Después... no lo sé.

–Te marcharás en cuanto tengas lo que buscas, siempre es así. No hay trato.

Volvía a darle la espalda, terco en su postura, y al pensamiento de ella volvía de nuevo el rostro suplicante de los chicos reclamando su ayuda. Tenía que hacer algo. Y sin tardar.

–Existe una posibilidad para que cambie de idea y decida quedarme aquí más tiempo –dijo ella.

Nemo se volvió.

–¿Qué quieres decir?

–Quiero decir que los chicos pueden tardar mucho tiempo en encontrar respuestas. Mientras, quién sabe, puede suceder que me encariñe contigo...

–¿Y?

–Y que yo tampoco quiera vivir sin ti.

La expresión del capitán Nemo continuó inalterable. Nadie, ni siquiera una mente sagaz, hubiera podido adivinar lo que pensaba. Pero un hombre enamorado es un hombre enamorado. Hasta en la dureza y el aislamiento del mar. Dijo al fin:

–¿Me das tu palabra? ¿Prometes quedarte conmigo mientras los chicos busquen respuestas?

–Tienes mi palabra. Me quedo contigo hasta que los chicos traigan las respuestas.

–De acuerdo. Hablaré con ellos donde y cuando tú quieras.

–¿Nos dirás el mensaje?

–Conoceréis el mensaje.

–¿Hablarás en nuestro idioma?

–Ni una palabra saldrá de mi boca que no pertenezca a vuestro idioma. Lo prometo.

Capítulo once
En el que el íntegro Nemo recurre al engaño por amor

Se citaron en el camarote del capitán Nemo, un cuartito austero y apenas confortable que poco o nada tenía que ver con el resto de dependencias y salas. Las paredes estaban recubiertas de instrumentos marinos, una lámpara en el techo proyectaba su media luz.

–*Tened la bondad de sentaros* –comenzó el capitán Nemo, serio y correcto.

Él no se sentó y desde su altura parecía imponente, un Coloso que pudiera destruir el mundo con una sola mano.

–Habéis llegado aquí buscando algo –comenzó. Hablaba sin acento de ningún tipo; su voz era profunda y hermosa–. Sí, estáis en lo cierto. Hay un mensaje que os pertenece y que os llevará hasta Nadar. Recorreréis así un trecho más del camino, subiréis un peldaño más de la escalera. Sois jóvenes y entiendo que busquéis respuestas. Pero debéis saber que no siempre en la meta está la felicidad. A veces llegar a ella supone un dolor y un desengaño. Y ahora, como es vuestro deseo, voy a revelaros el mensaje.

El capitán Nemo tomó una pluma confeccionada con barba de ballena y la hundió en negra tinta de sepia. Después empezó a escribir unas palabras sobre una especie de papiro, también procedente del mar. Era observado en medio de una tensión muy grande; la respiración de todos parecía detenida. La pluma gemía arañando el papiro como la uña de un ave cautiva.

–Ya está. Tomad vuestro mensaje.

El capitán Nemo agitó el papiro en el aire un par de veces para que se secara la tinta y después se lo ofreció a los chicos, que lo examinaron con avidez. También Auda inclinó la cabeza para leerlo. Los cuatro palidecieron de golpe, como a la vista de algo espeluznante u horroroso.

Esto es lo que ponía:

ledroc ed sumolg tiafed Radan earret murtnec ne

–¡Diantre! –protestó Phan–. ¡El idioma imposible!

–Nada es imposible si se pone la voluntad necesaria en conseguirlo. Recordadlo siempre.

Auda clavó los ojos en los de Nemo.

–Esto no es lo acordado. Dijiste...

–En vuestro idioma, querida Auda, he hablado en vuestro idioma –se justificó el capitán con una pequeña sonrisa–. De escribir no dije nada. Tú, en cambio, empeñaste tu palabra, no lo olvides.

Auda casi lloraba. Estaba dolorida y humillada.

–Le prometí quedarme en el Nautilus mientras vosotros buscáis las respuestas –dijo a los chicos–. Lo hice para que nos revelara el mensaje... –Se volvió enfadada hacia Nemo, que seguía sonriendo.– ¡Pero esto no es un mensaje! ¡Si no hay mensaje, no hay palabra que valga!

–Hay mensaje, claro que lo hay, solo tenéis que descifrarlo. Y no es complicado, te lo aseguro, es mucho más sencillo de lo que imagináis. Deja a esos muchachos que investiguen, que demuestren su valía, que crean en sí mismos, que sepan de lo que son capaces. Sobre todo que sepan que lo *son,* que son capaces. Aunque te parezca imposible, les hago un favor complicándoles el mensaje.

–¿Y si no logramos descifrarlo? –preguntó Briant, en cuyas dotes de detective ya apenas confiaba.

Nemo le miró largamente. De pronto ya no sonreía.

–Es todo cuanto voy a deciros. Nada más sobre este tema me oiréis. Podéis disponer de esta nave sin límite de tiempo, pero si volvéis a intentar persuadirme, sondearme o interrogarme, abandonaréis inmediatamente mi Nautilus.

Y agarrando a Auda por la cintura para que se quedara a su lado, invitó a los tres chicos a que salieran del camarote, más entero y más arrogante, si cabe. La puerta, al cerrarse, crujió de una manera extraña. Luego, durante interminables momentos, en la nave entera se diría que solo hubo silencio.

Capítulo doce
En el que la oscuridad completa deja paso a un poco de luz

Los días siguientes a la conversación con Nemo los chicos vegetaron en su camarote del Nautilus completamente desmoralizados. Era bien duro ir solucionando pistas que lo único que hacían era llevarlos a otra nueva pista, siempre más oscura y de mayor dificultad que la anterior.

ledroc ed sumolg tiafed Radan earret murtnec ne

Una y otra vez revisaban el mensaje sin encontrarle sentido ni significado. Estaban bloqueados, noqueados por aquella frase, y no veían más allá de sus palabras enredadas y perversas.

–Es imposible –dijo Phan–, no entendemos su idioma.

–Pero habrá una manera de descifrarlo –dijo Briant–; si no, la pista no tendría razón de ser, no sería una pista.

Y, de improviso, hacia el atardecer del día tercero, y de la forma más natural, Dick Sand fijó la atención en una palabra del mensaje.

–Un momento... fijaos en esto: Radan. Es la única palabra que puede tener algún sentido para nosotros. Está escrita con mayúscula. Debe de tratarse de un nombre propio. Y los nombres propios son parecidos en todos los idiomas.

Los otros juzgaron la observación muy sensata.

–¿Y qué puede significar? ¿Algún lugar perdido que no conozcamos?

–Lo dudo –dijo Dick Sand–. Si en algo ha consistido mi formación es en el estudio de la geografía. Os aseguro que no existe en el planeta un lugar lo suficientemente importante para ser estudiado que se llame Radan.

Aun así, decidieron asegurarse. Fueron a la biblioteca del Nautilus. Allí, en alguno de los doce mil volúmenes, tenía que haber un atlas geográfico completo.

–¿Lo veis? –dijo Dick Sand–. Nada, ningún país, isla, montaña, río o ciudad con ese nombre.

Dick Sand y Briant siguieron pensando. De sus mentes concentradas casi salía humo. Phan, mientras tanto, había descubierto un paquete de fósforos en un rincón de la biblioteca, único lugar de la nave donde Nemo solía fumar. Pero no eran unos fósforos corrientes. El largo y delgado cuerpo parecía fabricado con ramas de junco o de otra hierba acuática combustible, y la cabeza, grande y desproporcionada, sería el producto de cualquier mineral marino parecido al fósforo, ya que, como todo en el Nautilus, también los fósforos procedían del mar.

–Podría tratarse de un nombre de persona –dijo Briant.

–O de un anagrama –dijo Dick Sand–, es decir, una palabra con las letras cambiadas o desordenadas. Es típico utilizar este sistema en mensajes ocultos. Y como el idioma del Nautilus es tan enigmático...

Briant miró a Dick Sand abriendo mucho los ojos.

–¿Nadar?

–¡Exacto!: Radan-Nadar.

Algo apartado de ellos, Phan acababa de encender un fósforo. La llama era potente y el cuerpo ardía bien.

–Si fuera así, el mensaje no sería tan lioso –dedujo Sand, concentrado–, solo hay que darle la vuelta, leerlo al revés.

–Y por ese procedimiento... –Briant pegó un salto.– ¡Me salen más palabras conocidas! ledroc ed, igual a: de cordel.

–¡Pero cómo no lo hemos visto antes!

–¡De nuevo el cordel! –exclamó Dick Sand, esperanzado.

No podían dar crédito a su suerte. Tres días absolutamente a oscuras y ahora, de pronto, se hacía la luz.

–Démosle la vuelta a la frase completa.

Lo hicieron, y esto fue lo que salió:

en centrum terrae Nadar defait glomus de cordel

–Pero *glomus*... ¿Qué es *glomus*? –preguntó entonces Sand–. ¿Y *defait*? No he oído esas palabras en mi vida.

Phan, que seguía con los fósforos, volvió la cabeza y sonrió satisfecho de poder aportar algún dato.

–Claro, como que es latín. *Glomus-glomeris*: ovillo. Y *centrum terrae*: centro de la Tierra.

–Y *défait* es francés –añadió Briant–: tercera persona del singular del presente del verbo *défaire*: deshacer.

Un triple grito cortó el aire.

–¡¡¡En el centro de la Tierra Nadar deshace el ovillo de cordel!!!

Se abrazaron y felicitaron. Afortunadamente, tanto Briant como Phan sí habían estudiado idiomas en el colegio Chairman de Auckland, Nueva Zelanda.

Briant les habló de una novela de *Los viajes extraordinarios* que había visto en la estantería de la biblioteca de Verne. Reconoció que, desde el principio, le había llamado la atención por el color de las tapas: rojo; por el dibujo de la portada: un bosque de setas gigantes junto a un lago tenebroso, y por el título imposible: *Viaje al centro de la Tierra.*

Regresarían a Amiens, allí donde las novelas tenían un protagonismo de diosas. Dick Sand, anterior a los dos chicos en unos cuantos años, no viajaría con ellos. Si algo había quedado claro era que trasladarse al futuro era imposible. Pero iría a su propia Nada para colaborar desde allí en la búsqueda de Nadar.

–Prometamos no volver al Nautilus sin Nadar, o al menos, sin una nueva pista sobre su paradero –propuso Briant.

–Prometido –contestaron los otros.

Briant y Phan se despidieron de Dick Sand. Para entonces Phan ya se había agenciado el paquete de fósforos y, con cuidado de no ser visto, se los había escondido en el bolsillo. Acababa de apropiarse de algo que no le pertenecía. Acababa de traicionar la hospitalidad de su anfitrión. ¿Era eso robar? Probablemente, según lo que desde niño le habían enseñado. Pero le parecieron tentadores, un auténtico capricho, y se le habían antojado.

Capítulo trece
Nuevas y complicadas pistas

De nuevo en Amiens, la tranquila ciudad del norte de Francia de ochenta mil habitantes,[2] por donde discurre el Somme, ancho y caudaloso.

Inquebrantable en su férrea disciplina, Verne seguía escribiendo, aunque parecía más anciano y acabado, porque seguramente así era. El reloj de pared cantó el mediodía y su gong se oyó doce veces seguidas. Si empezaba la jornada de escritor a las cinco de la madrugada, aquella era en verdad una larga jornada que él, al parecer, dedicaba en exclusiva a su último proyecto, a la aborrecida novela enemiga. Los chicos lo miraron sin poder disimular todo el malestar que el hecho les producía y notando además un inexplicable cansancio. Les costaba esfuerzo caminar, sentían el cuerpo pesado, tosían, querían dormir a cualquier hora. Se preguntaron cuál sería la causa de esos síntomas y por qué los tenían idénticos los dos.

2· Dato de 1886.

–Estaremos pillando un catarro –dijo Briant, abrochándose el tabardo marinero.

Phan tiritaba.

–¡Y si solo fuera un catarro! ¡Cosas peores vamos a pillar dando vueltas por el tiempo y por los libros como vagabundos! De seguir así enfermaremos, empeoraremos poco a poco, se agravará nuestra salud, ¡moriremos! Y todo por el capricho de Verne.

–Espero que no sea solo un capricho –dijo Briant–. Espero que haya una razón importante para que nos haya abandonado.

–Me da igual. Nos ha abandonado y basta. Pero este hombre me las paga, ¡por mi vida! Y antes de que sea demasiado tarde.

Había hablado Phan, el belicoso.

Algo se desató en sus nervios de repente y se dirigió a la mesa de Verne. Iba rabioso, trastornado, fuera de sí. Quería ser cruel. Quería devolver a Verne la ofensa del abandono. Cuando estuvo lo bastante cerca para notar el olor a naftalina de su bata, sin un solo gesto de duda, empujó de un manotazo las hojas del nuevo manuscrito que estaban apiladas en el lado derecho de la mesa. El manotazo fue tan fuerte que, durante unos segundos, las hojas revolotearon por la habitación haciendo filigranas y, luego, lentamente, cayeron desperdigadas al suelo. ¡Blaaam!, se oyó a la vez con gran estruendo, y hasta Verne, que en esa época estaba ya bastante sordo, se sobresaltó. Al mismo tiempo que el manotazo de Phan, la ventana que había delante de la mesa acababa de abrirse de golpe por una corriente de aire.

Desde su rincón, Briant contemplaba el suceso y no salía de su asombro. Si ser real, de carne y hueso, y mover objetos sin tocarlos, tan solo con la fuerza de la mente, recibía el nombre de *telequinesia,* ¿cómo debía llamarse justo todo lo contrario?

Verne se levantó y atrancó la ventana, mirando con fastidio las hojas esparcidas por el suelo.

–¡Maldito viento! –gruñó.

Seguía igual de torpe que la última vez que lo vieron, acaso más, pero se dispuso a arreglar el estropicio.

Tardó un siglo en agarrar el bastón, otro en caminar los cuatro o cinco pasos que lo separaban del desastre, otro más en agacharse. Recogía las cuartillas con un esfuerzo tan grande que el cansancio de los chicos, comparado con el suyo, parecía insignificante. Y no había recogido ni diez cuartillas cuando, vencido por su propio peso, cayó aparatosamente al suelo. Quiso agarrarse a algo por instinto y una planta enorme que adornaba el gabinete cayó con él, de modo que al romperse el tiesto de terracota que la contenía se desparramó la negra tierra sobre el estampado algo deslucido de la alfombra.

Briant y Phan contenían la respiración.

–¡Honorine! –gritó Verne impotente, furioso.

Había conseguido sentarse sobre la alfombra en una posición grotesca e incómoda para su edad. Su luminosa mirada estaba apagada. Un hilito de saliva le resbalaba por la comisura de la boca y se perdía en esa barba blanca y frondosa que le daba aspecto de hombre sabio. Pero ahora no parecía un sabio. Ni siquiera parecía un hombre. Su cara, demasiado deformada por la cólera, era salvaje, y la voz sonó estruendosa, como el alarido de una fiera.

–¡Honorine! –volvió a gritar más fuerte.

Entró Honorine corriendo y le ayudó a levantarse. Era una mujer pequeñita, redonda y amable. En su juventud había sido guapa, eso era innegable. Sus ojos, como los de Verne, eran muy azules y muy claros. Honorine recogió el manuscrito y, mientras se agachaba, quitaba importancia a la caída con palabras dulces y amorosas. Después salieron de la habitación porque ya habían dado las doce, la hora de comer. Entretanto Phan miraba extrañado sus manos y trataba de mover de nuevo algún objeto. Tarea imposible. Ya no sabía qué había provocado el movimiento de las hojas: si el arrebato de antes convertido en energía motriz o simplemente el viento. No se quedarían a averiguarlo: debían buscar a Nadar.

Se metieron en las páginas de *Viaje al centro de la Tierra* sin un criterio de selección: cada episodio, cada escenario podía ser tan válido como cualquier otro.

–¿Que si conozco a Nadar? –preguntó el profesor Lidenbrock poco o nada sorprendido de tener compañía extraña bajo la corteza terrestre–. Conocerlo, lo que se dice conocerlo, no. Pero digamos que me suena su nombre, y quizás su cara. ¿Y a ti, sobrino?

El sobrino era un jovenzuelo despistado. No parecía que encontrarse allí, en las capas más profundas de la Tierra, resultase de su agrado. Más bien parecía que hubiera ido obligado.

–Si se trata de algún chalado de la cristalografía, la mineralogía o la geología, únicas personas que frecuento contigo, seguro que sí me suena, querido tío –respondió con resignación forzada mientras dirigía una mirada aburrida al profesor Lidenbrock.

Resultaba que Lidenbrock había recibido un mensaje de un tipo extraño que no había querido mostrarse demasiado y que, si la memoria no le fallaba, se había presentado como Nadar.

–Se iba, tenía prisa y nos pidió que entregáramos este mensaje solo si nos topábamos con algún personaje rebelde –dijo tranquilamente el profesor Lidenbrock.

Lo enseñó. Era un papel plegado que nadie había abierto aún. Lo desdoblaron y lo arrimaron al foco de luz artificial. Era un mensaje aún más indescifrable que el de Nemo. Ni siquiera había letras como en aquel. A cambio, unos símbolos estilizados aparecían dibujados a tinta negra, y la perfección y la belleza de su trazo no mermaron la angustia de los chicos ante la dificultad de solucionar el nuevo reto.

–Ah, está en letras rúnicas, ¡demonio de hombre! –dijo Lidenbrock con una sonrisa–, pero esto no es un problema, yo os lo traduciré.

Y eso hizo.

Buscadme en la Pascua Cristiana
de Resurrección.

Firmado: Nadar

–¿Quéeeeee? –clamaron los chicos al oír el enigmático mensaje.

–Es todo lo que puedo deciros, aquí no pone nada más. Pero supongo que debéis alegraros: por lo que veo son noticias de ese tal Nadar.

No se alegraron, más bien se entristecieron. Como al Nautilus, también aquí habían llegado demasiado tarde.

Sin nada más que decir, el profesor Lidenbrock y su sobrino se despidieron y marcharon a completar su aventura arriesgada y maravillosa –¡dichosos ellos!– al centro mismo de la Tierra.

Briant y Phan siguieron viajando con un único objetivo como impulso: encontrar a Nadar. Y si los sucesivos viajes hacían del peregrinaje un éxodo, ellos entonces eran unos exiliados. Conocieron personajes variopintos, valerosos o perversos, jóvenes y no tan jóvenes, riquísimos como monarcas o pobres como las ratas. Se llamaban a sí mismos rebeldes. A todos contaban su problema, a todos preguntaban por Nadar mientras el cansancio aumentaba lento y preciso, como el virus de una enfermedad incurable. Hasta que cierto día:

–¿Nadar? –dijo un hombre ciego que iba agarrado a la mano de una jovencísima mujer, de nombre Nadia–. Sí, creo que sé de quién habláis.

El hombre se llamaba Miguel Strogoff y era correo del zar. Llevaba una importante carta con información secreta a la ciudad de Irkutsk, en la otra punta de Rusia, y caminaba junto a la joven mujer, casi una niña, arrastrando ambos su fatiga y su miseria por la fría estepa siberiana. Tenía Strogoff los párpados en carne viva, abrasados. El enemigo, que lo había apresado poco antes, se los había quemado en vivo con el hierro candente de una espada, dejándole en la cara esa cruel marca perpetua. La muchacha lo guiaba y le ofrecía sus cuidados, su compañía y sus ojos.

Resultaba que eran portadores de un mensaje que un hombre les proporcionó días atrás, en una sórdida posada en la que hicieron noche.

–No pudimos verle la cara –dijo Strogoff–, era de noche y además iba embozado. Dijo que se llamaba Nadar y que entregáramos el mensaje únicamente si coincidíamos con personajes rebeldes. Tomad, seguro que os pertenece. Ahora debemos marchar, hemos de llegar a Irkutsk cuanto antes y nos queda aún mucho camino.

Phan cogió el mensaje con ansia; otro papel plegado en varias capas.

Ponía:

Estoy entre los 25 y los 30, pero también
entre los 80 y los 85.

Firmado: Nadar

–¡¿Cómooo?! –Los chicos desfallecían.

Pero ni Miguel Strogoff ni Nadia podían ayudarles. Eso era todo lo que tenían para mostrar. Se encogieron de hombros con indiferencia. Se les hacía tarde y debían seguir su camino, no podían perder más tiempo. Se despidieron hasta nunca o hasta siempre; su misión estaba por encima de todo.

–¿A quién decís que buscáis? –El acaudalado Lord Glenarvan oteaba el horizonte desde la cubierta de su magnífico yate a vapor y, por un momento, había vuelto la cara hacia los chicos.

–A Nadar. Buscamos a Nadar.

–¡Hum! Curioso. Y yo busco al capitán Grant para entregarle a sus hijos. Recorro los mares a lo largo y ancho del globo. Imagino que un día lo encontraré, pienso emplear en ello toda mi fortuna y, si fuera preciso, mi vida.

Pero tampoco de aquí se fueron con las manos vacías. Lord Glenarvan les trajo una botella que uno de sus marineros había recogido en el mar con una malla de pesca. En su interior había un mensaje y ponía algo de Nadar.

El papel (de nuevo un papel) estaba húmedo, roto en varios pedazos, y al mensaje aparentemente le faltaban letras. De forma arbitraria, lo reconstruyeron así:

ÍNSUL PE AD EF F DA OR O: NADAR

Aunque podrían haberlo combinado de cualquier otra manera.

Briant y Phan leyeron la composición si emitir sonido alguno, sin un comentario. No podían más. Todo el fracaso acumulado desde que habían salido de la isla se adivinaba en sus rostros y los transformaba en réplicas envejecidas de sí mismos. Ellos no eran sabios como el doctor Samuel Fergusson, ni metódicos y tenaces como Phileas Fogg. Tampoco eran tan inteligentes o ricos como el capitán Nemo, ni tan valientes como esos últimos personajes que habían conocido: el profesor Lidenbrock, Miguel Strogoff o el mismo Lord Glenarvan, capaces de arriesgar sus vidas por llevar a cabo una misión. Fracaso. *Fracasados.* Esa era la palabra que mejor los definía.

Ni siquiera eran héroes de nada, como su amigo Dick Sand. Con esa escasez de valores, ¿cuándo encontrarían a Nadar? ¿Cómo desmadejarían el ovillo de cordel? ¿Dónde hallarían respuesta a sus preguntas? Se miraron: estaban delgados, sucios, ojerosos y cada vez más cansados, con ese cansancio nuevo que lentificaba sus movimientos y su capacidad de pensar, volviéndolos todavía más inútiles.

–Con una información parecida a la de vuestro mensaje me he puesto yo en camino –dijo Lord Glenarvan–. Tengo una gran fe en encontrar al capitán Grant y devolver a esos pobres huérfanos el padre que perdieron. Y eso que lleva años desaparecido. Pero la fe mueve montañas, recordadlo siempre. Os deseo de corazón que logréis encontrar vuestro destino.

Capítulo catorce
Una pregunta resuelta

Reunidos de nuevo en el Nautilus con Dick Sand, Briant y Phan hablaron de los mensajes recogidos.

–Nosotros tenemos tres –dijo Phan–, pero tan difíciles de comprender que daría lo mismo no tener ninguno.

–¿Y tú, Sand? –dijo Briant–. ¿Qué mensajes tienes tú?

Sentado en una silla, la mirada de Dick Sand vagaba por el suelo. Se le veía preocupado. Los brazos se le descolgaban sobre el cuerpo, lacios como las ramas de un sauce.

–Ninguno.

–¿Cómo que ninguno?

–Ninguno. Me he quedado observando a Verne, en mi Nada.

–¿Quieres decir que no has viajado a los libros?

–Sí, eso quiero decir. No he viajado a los libros, no he conocido a ningún otro personaje ni he visitado ningún otro lugar, pero no me miréis así, cuando oigáis lo que tengo que contaros entenderéis mi postura. Os adelanto que no es agradable de oír, así que estad preparados.

Dick Sand carraspeó, preparándose para hablar. Briant y Phan, frente a él, eran ahora el más entregado auditorio.

–Veréis: siguiendo tu consejo, Briant, una vez en mi Nada lo primero que hice fue enterarme dónde estaba. No era París, como en la Nada de ese doctor Fergusson del que me habéis hablado, ni tampoco Amiens. Estábamos en Nantes, en una gran casa de campo, la más grande y bonita que podáis imaginar. ¿Te suena Nantes, Briant?

–Por supuesto, está al oeste de Francia, junto al océano Atlántico. Pertenece a la región de la Bretaña y allí desemboca el Loira.

–Pues bien, Verne ha nacido en Nantes y parece que de vez en cuando pasa temporadas allí. Desde ese punto de vista, yo también soy de Nantes porque en Nantes he sido creado. Su familia estaba con él, su mujer Honorine, y su único hijo, Michel, que en esa época, en mi época, tendría unos quince años.

Brian y Phan recordaron al bebé que berreaba en la buhardilla de París. Sí, debía de tratarse del mismo niño, las fechas encajaban.

–Es duro lo que voy a contaros –prosiguió Dick Sand, levantándose de la silla y comenzando a pasear por el reducido camarote–, por eso no pude moverme del lado de Verne. Pasé rato y rato observando a su familia y a él. Desde el principio noté un ambiente tenso. Era verano en Nantes y Michel estaba pasando las vacaciones con sus padres. Natural, pensaréis, ¿no? Pero no era exactamente así, más que de vacaciones estaba de permiso. Venía de pasar el invierno en Mettray; al acabar el verano volvería allí.

–¿Mettray? ¿Qué es Mettray? ¿Un internado?

Dick Sand dejó de caminar y se situó a un paso de sus amigos.

–Mettray no es un colegio; es una cárcel. Una prisión.

Las exclamaciones de Briant y Phan no se hicieron esperar.

–¡Michel en prisión!

–¡Y con solo quince años!

–En realidad se trata de una colonia penitenciaria donde reeducan a todos esos chicos a los que llaman delincuentes juveniles. Y no es eso lo peor. Lo ha encerrado su padre, su propio padre ha encerrado a su único hijo en prisión. ¡Dios! Se me pone la carne de gallina solo de pensarlo. Si un padre hace eso con un hijo, entonces es mejor ser huérfano. Honorine reprocha constantemente a Verne su manera de actuar. Lo acusa de querer quitárselo de en medio. Le dice que siempre le ha estorbado, que no se ha ocupado jamás de su educación, que nunca ha sido un padre para Michel, que solo ha vivido para escribir. Verne se defiende. Dice que ella es la culpable de que Michel sea un delincuente, por mimarlo y malcriarlo tanto. Pero ella contesta que lo ha hecho para que estuviera formal y callado desde que era un bebé, para que no alborotara y molestara al «gran» escritor. Él le responde entonces que bien que le gusta el dinero que ha ganado con la escritura y la llama codiciosa. Le recuerda lo mucho que se quejaba cuando malvivían en la buhardilla de París, antes de que se hiciera ese «gran» escritor que ahora desprecia... No podéis imaginar las barbaridades que se dicen. Honorine no está de acuerdo con que Michel vuelva a Mettray, pero Verne es inflexible, dice que su hijo es un embustero y un ladrón, que bebe a escondidas, se endeuda en grandes sumas de dinero y comete todo tipo de fechorías. Y antes de que sea demasiado tarde tiene que poner remedio a esta situación con un castigo ejemplar. Y no contento con eso, ha exigido en la prisión que sean tan duros con Michel como el caso lo requiera.

Dick Sand calló un momento. Sus amigos no pestañeaban. Tomó aire y prosiguió:

–Michel se lo ha tomado muy mal. Está traumatizado. El director de Mettray ha escrito una carta a Verne insinuándole que está siendo demasiado estricto con su hijo y que tanta dureza puede ser perjudicial. Teme que Michel se vuelva loco o se suicide. Michel es débil e inestable, necesita atención y cariño, pero en su padre solo encuentra desprecio y disciplina. Llora a menudo y suplica a Verne que no lo vuelva a internar. Pero en cuanto su padre se descuida, ya está robando y emborrachándose.

–Entonces, por lo que se ve, tienen muchos problemas –dijo Briant, consternado.

–Ya te digo. Pero eso no es todo.

–¿Aún hay más?

–Verne pasa muchos ratos con un chico, algo más joven que Michel. Lo saca de su internado y lo lleva a museos y al teatro. Se ha volcado en él. Tiene todas las atenciones que no tiene con su hijo. A veces lo invita también a navegar en el yate que se compró para escapar de su familia, porque eso es lo que le echa en cara constantemente Honorine, que se marcha a navegar porque no soporta a Michel ni la soporta a ella. Navegar, de todos modos, debe de ser su gran pasión. Lo hace siempre que puede, y rara vez su familia lo acompaña. Y ahora, Briant, no te agobies por lo que voy a decir. El chico del que os acabo de hablar, el que gusta a Verne más que su propio hijo, tiene... tu edad, Briant, más o menos tu edad.

Briant adoptó una expresión incierta.

–Es moreno... –prosiguió Dick Sand–. Como tú, Briant...

–¿Y?

–Se... Se llama Aristide y se apellida Briand.

Briant seguía sin entender.

–¿Y bien?

–¡Cómo que «¿y bien?»! ¡BRIAND, BRI-AND! Se apellida Briand, como tú.

–De eso nada. Yo no me apellido Briand. Yo me apellido Briant, con *t*, y me llamo Paul –dijo Briant con naturalidad–. Y además, ¿eso qué tiene que ver?

Dick Sand movió la cabeza a ambos lados, resignado. No era muy listo Briant, no esta vez al menos.

–Es casi idéntico a ti –dijo levantando los brazos y la voz–. ¡Idéntico! El pelo, los ojos oscuros, la edad, la estatura... Verne se ha inspirado en él para crearte a ti, eso salta a la vista. Pero aún hay más. Michel, el hijo... se parece a mí, o mejor dicho, yo soy muy parecido a Michel.

Dick Sand volvió a la silla y se sentó. Volvió a dejar caer su cuerpo. Volvió la mirada hacia el suelo.

–Ahora sé por qué Verne me ha dado el carácter que tengo –prosiguió tristemente Dick Sand–. Sin padres, sin posibilidades económicas, casi sin formación, he llegado a ser capitán de barco, el cargo más importante para un marino, el de mayor responsabilidad, el más duro y a la vez el más gratificante. Y precisamente a los quince años, la edad de su hijo. ¿No lo entendéis? Verne me ha dotado de todo aquello que hubiera deseado para Michel, soy la antítesis de ese desgraciado, soy todo lo que nunca podrá llegar a ser, pero a la vez, *soy* él. Y supongo que debo sentirme orgulloso.

–¿Entonces? –preguntó Briant, mirándole de hito en hito.

–He obtenido mi respuesta, en esto debe consistir deshacer el ovillo de cordel de Verne. Ahora entiendo a Nemo cuando dijo que no siempre en la meta está la felicidad, y que a veces llegar a ella produce dolor y desengaño. Es triste lo que he visto en Nantes, y muy duro, pero a la vez estoy contento de ser como soy y agradezco a Verne que haya derrochado tantos dones conmigo, que son los que hubiera deseado para Michel. Me voy, amigos, vuelvo a África, a la selva de Angola. He de salvar a mis compañeros negros, he de acabar con el cocinero. Tengo que buscar a la amable señora Weldon y a su pequeño hijito Jack. He de llevarlos a San Francisco tal como les había prometido, tal como Verne desea que haga.

–¿Y nosotros? –Briant se sentía solo y perdido como no se había sentido jamás en su corta e inservible vida.

–Deberéis seguir buscando vuestra respuesta.

–Pero ¿cómo?

–No lo sé, supongo que deberéis seguir buscando a Nadar.

–Ayúdanos al menos a descifrar los mensajes.

–Si está en mi mano, por supuesto –dijo Dick Sand.

Los extendieron desdoblados sobre la mesa. Dick Sand los observó uno por uno, los leyó y examinó. Tuvo un gesto reservado durante un rato lo bastante largo para que a los otros se les hiciera perpetuo.

–Es muy sencillo –dijo al fin–: los tres dicen una misma cosa. Veréis –señaló con el dedo el contenido del mensaje que recibieron en Rusia de manos de Miguel Strogoff–: en geografía se utilizan números para definir la posición exacta de un lugar. «Estoy entre los 25 y los 30» se refiere a los 25° y los 30°, que pueden ser de latitud o de longitud; eso es lo que no especifica el mensaje y debemos por tanto averiguar. Y lo mismo sucede con los 80 y los 85. En realidad son grados.

¿Así de fácil? Briant y Phan propusieron correr a la biblioteca a localizar en un mapamundi los dos lugares opcionales del mensaje.

–Esperad –dijo Sand–, no necesitáis un mapa. –Cogió el siguiente mensaje, el escrito en caracteres rúnicos y traducido por el profesor Lidenbrock en aquel agujero del fondo de la Tierra.– Aquí dice: «Buscadme en la Pascua Cristiana de Resurrección.» Si os han educado en la religión católica sabréis que esa Pascua recibe un nombre concreto...

–¿Pascua... florida...?

–Pues sí. Cojamos, para acabar, el tercer mensaje y coloquémoslo de otra forma. Hay, evidentemente, muchas maneras de hacerlo, pero solo esta es la correcta:

PE ÍNSUL E F OR DA F ADO: NADAR

–Y ahora completemos las letras que faltan:

PENÍNSULA DE FLORIDA. FIRMADO: NADAR

–Península de Florida, Estados Unidos de América, situada entre los 25° y 30° de latitud norte y entre los 80° y los 85° le longitud oeste. Ahí es donde tenéis que ir. Ahí encontraréis a Nadar. Bueno, amigos, he de irme. Si os he servido de ayuda me alegro, aunque hubierais hecho lo mismo sin mí, estoy seguro. Una vez oí que el primer paso para lograr un don es renunciar a aceptar que no se posee.

«El primer paso para lograr un don es...», repasó Briant para sus adentros. Qué frase tan complicada, tal vez demasiado para él. De todas formas luego pensaría en ella.

Abrazaron a Dick Sand. ¡Diantre! Iban a echarle de menos.

–Nunca te olvidaremos –susurró Briant.

Pero de Dick Sand, el capitán de quince años, ya solo quedaba el recuerdo de su paso por el Nautilus.

Capítulo quince

En el que se pone en duda la existencia de Nadar

Buscar un lugar tan conocido como Florida era bastante más fácil que buscar un personaje, puesto que, dado el número de novelas escritas por Verne en la época de los chicos, estos se contaban por cientos.

El libro al que debían dirigirse se titulaba *De la Tierra a la Luna*. Era de los primeros publicados en esa colección memorable que arrancaba con *Cinco semanas en globo*, y la acción transcurría en la península de Florida, en una colina llamada Stone's Hill, próxima a la ciudad de Tampa.

Y allí se fueron Briant y Phan.

Muchos eran los curiosos que, desde cualquier parte de América, habían acudido en masa a presenciar el acontecimiento que iba a llevarse a cabo, y toda Stone's Hill estaba abarrotada de gente. En su cúspide amplia, rocosa y plana, un inmenso cañón de hierro albergaba una bala cilindro cónica de brillante aluminio, casi tan grande como la locomotora a vapor Sharp & Roberts, de la línea Liverpool-

Manchester, de la que Phan recordaba haber oído decir que alcanzaba nada menos que los cien kilómetros por hora.

Dentro de unas horas el cañón, al que habían puesto el nombre de Columbiad, lanzaría la bala a la Luna. Tres hombres viajarían dentro de la bala y por lo tanto se había acondicionado en su interior un práctico y cómodo habitáculo.

Nunca persona, animal o cosa había osado acercarse al satélite de la Tierra, y los riesgos de la aventura eran grandes, pero los miembros de la famosa sociedad artillera Gun-Club, de Baltimore, artífices del proyecto, se habían propuesto dominarlos. *El precioso proyectil centelleaba a los rayos del sol,* abundantes a pesar de estar el invierno muy cerca, aquel glorioso uno de diciembre.

Briant y Phan, ajenos a cualquier asunto que no fuera su propio problema, hicieron la consabida pregunta sobre Nadar decenas de veces, pero tampoco aquí lo conocían y las respuestas que recibieron fueron apresuradas y escuetas porque todo el mundo tenía prisa por coger un buen sitio para presenciar el esperado lanzamiento.

En su pesimismo, los chicos llegaron a pensar incluso que, a lo peor, Nadar no existía y que lo que ellos perseguían era la pista de un fantasma.

Desolados, siguieron a la marea humana que caminaba en una única dirección. En lo alto de la colina el lugar del lanzamiento se encontraba vallado por una empalizada de cañas y vigilado, pero Briant y Phan intentaron penetrar en él. Era la última zona de Stone's Hill que les quedaba por rastrear, sería estupendo que en ella pudieran darles referencias de Nadar.

–¡Alto! ¿Qué buscáis? No se permite pasar.

Un hombre cojo y barrigudo les había salido al paso cuando intentaban cruzar la empalizada. Hablaba con marcado acento norteamericano y parecía nervioso. Brillaba en su solapa la insignia personalizada que lo distinguía como socio del Gun-Club, con las iniciales de su nombre y el apellido completo: J. T. Maston. La cojera se la producía una pata de palo. También el brazo derecho era postizo y terminaba en un garfio. El cráneo pelado imitaba a la piel, pero era de goma elástica.

–Buscamos a Nadar –dijeron los chicos, sorprendidos ante la vista de tan remendado personaje–. Es muy importante que lo encontremos.

–¿Nadar? –dijo con un grito–. ¡Fuera, fuera! ¡Está prohibida la entrada! ¡Aquí no hay ningún Nadar!

–Perdone, pero... –quiso defenderse Phan.

–¿No habéis oído? ¡Fuera he dicho! ¡Y dad gracias de que no os detenga por intrusos! –Y los empujaba a lo bruto con el garfio y con la mano sana.

Decididamente aquello era más de lo que podían soportar. Solos, perdidos, cansados, con la ropa que habían sacado de la isla produciéndoles un calor espantoso, y sin rastro de Nadar. Phan volvió a notar un nuevo arrebato de ira. Estaba empachado de fracaso, de negativas y dificultades, y aquel tipo zurcido y recompuesto no tenía derecho a tratarlo de ese modo. Se estiró cuan largo era y acercó la cara al hombre, que le llegaba poco más arriba del pecho.

–No vuelva a hablarme así, no vuelva a tocarme ni con la mano ni con el garfio o no respondo de mis actos. No me da miedo. No me darían miedo ni cuatro juntos como usted. –Y escenificaba sus palabras con la fanfarronería más elocuente posible.

Briant corrió a sujetarlo, pero Phan se zafó de un tirón tan brusco que casi lo lanza al suelo.

–¡Déjame! –rugió–. ¡No tiene derecho a gritarnos! ¡Estoy harto de este tío, de Nemo, de Nadar! ¡Estoy harto de ti!

J. T. Maston no era joven, y su tamaño verdaderamente resultaba ridículo si se lo comparaba con Phan, pero estaba en su país y conocía las leyes. Contrajo la cara, achicando los ojos (uno, al menos, parecía de cristal).

–Joven, no sé quién eres ni de dónde vienes, pero aquí, en mi país, las diferencias se saldan a duelo. ¡A muerte! ¡Y con pistola! Y yo soy artillero, hijo y nieto de artilleros, he nacido con un arma de fuego en la mano y he luchado en más guerras de las que puedo recordar. ¿Sabes lo que eso significa? Retira pues lo que has dicho o...

–¡Me paso su duelo de usted por las narices!

Podía haber hablado simplemente, pero Phan acompañó sus palabras con un tremendo empujón que hizo que J. T. Maston se tambaleara durante unos instantes y finalmente cayera al suelo. En su magra espalda se clavaron montones de piedras punzantes y el dolor le hizo soltar un alarido.

–¡Por mi vida! –masculló–. ¿Cómo te atreves...?

Alguien acudió a socorrerlo. Entretanto, Briant, a base de insultos y reproches, trataba de explicar a Phan que esta vez había ido demasiado lejos.

–¡Tú tampoco vas a hablarme así! –bramó Phan fuera de sí–. ¡Se acabó! ¡Al que me vuelva a gritar le rompo el alma!

Entonces Phan notó un impacto en la mejilla, una sacudida tan violenta que hizo que se llevara la mano allí. Algo cálido y viscoso comenzó a resbalar entre sus dedos y vio, horrorizado, que estaban manchados de sangre. Tenía la cara partida en dos, en un corte limpio y preciso por la punta afilada del garfio de J. T. Maston que, ya en pie, lo amenazaba retándole a seguir con la pelea.

Suerte que lo sujetaron.

Phan se apretaba la herida con la mano. Sangraba copiosamente. Dolía tanto como aquel ataque de apendicitis que tuvo hace años y que casi le cuesta la vida. Juraba y maldecía echando espumarajos por la boca. Estaba a punto de llorar. Briant se acercó y le pasó una mano por los hombros, pero Phan lo rechazó sintiéndose rebajado y ridículo. Se irían, dejarían Florida; tampoco aquí encontrarían a Nadar. Comenzaron a desandar el camino en la más absoluta derrota. El público que había contemplado el incidente los insultaba, los niños, azuzados por sus padres, les empujaban, les daban patadas, las mujeres los abucheaban, los muchachos más mayores les tiraban cáscaras de nueces y botellas vacías de cristal de las que habían comprado en la feria ambulante instalada en Stone's Hill. Pero a pesar del ruido, oyeron una voz firme a sus espaldas:

–¡Eh, vosotros, deteneos!

Se volvieron lentamente. Miraron sin interés al hombre que les llamaba.

–¿Qué alboroto es este? ¡Quiénes sois?

–¡Qué importa quiénes seamos! –respondió Briant–. Nada importa ya. Aquí tampoco está Nadar.

Giraron y reanudaron la marcha. No pudieron ver el gesto de alivio de este nuevo personaje, ni oyeron lógicamente una exclamación que resumía una tensa y larga espera.

–¡Por fin!

Les llamó de nuevo, levantando la voz entre la bulla general y persistente.

–¡Volved! ¡Volved aquí! Tal vez yo sepa algo sobre Nadar.

Capítulo dieciséis
Michel Ardan cuenta su proyecto y habla seriamente con los chicos

El hombre que así había hablado estaba cruzado de brazos, esperando a los chicos con gesto de sincera preocupación.

Era un individuo alto y desgarbado, de unos cuarenta años. La melena desordenada le daba aspecto de bohemio y las ropas, holgadas y desaliñadas, con el nudo de la corbata flojo y los puños de la camisa sin abrochar, le hacían parecer el clásico inventor inteligente y despistado. Algo cargado de espaldas, recordaba *a esas cariátides que sostienen balcones sobre sus hombros.* En su boca humeaba un grueso cigarro.

–Presentaos –dijo muy serio.

–Yo soy Paul Briant. Vivo en Auckland, Nueva Zelanda, aunque he nacido en Francia. Y este es mi compañero de colegio, Doniphan.

Phan no podía hablar. La herida sangraba a raudales. Con taponársela ya tenía suficiente.

–Pertenecemos a Jules Verne –prosiguió Briant–, somos personajes, nos hemos escapado de nuestro manuscrito y estamos buscando a Nadar. ¿Es usted Nadar?

–¿Por qué? ¿Para qué buscáis a Nadar?

–Para que nos ayude. Tenemos varias preguntas, pero ninguna respuesta. ¿Es usted Nadar?

–¿Por qué suponéis que Nadar conocerá las respuestas?

–Porque hemos recogido numerosos mensajes de Nadar. Tenemos entendido que debemos deshacer un ovillo de cordel para llegar a las respuestas. Todos los mensajes nos ponían en la pista de Nadar. Según esos mensajes, él sabe deshacer el ovillo. Por eso lo buscamos. ¿Es usted? ¿Es usted Nadar?

El hombre dio una larga chupada a su cigarro, que despedía un humo oloroso y gris. Luego escupió una brizna al suelo.

–Lo primero es curar esa herida –dijo dirigiéndose a Phan–. Vamos, venid conmigo, no debe quedar marca en tu cara. Por cierto, no os he dicho mi nombre. –Comenzó a caminar. Los chicos lo siguieron.– Me llamo Michel Ardan, soy francés y dentro de unas horas parto en esa gran bala hacia la Luna.

El capitán Nemo tocaba una hermosa melodía en el órgano del salón. A su lado, Auda escuchaba en silencio y sonreía. Seguía recordando a Mr. Fogg constantemente, pero era imposible resistirse a los galanteos de aquel hombre sereno y misterioso que la colmaba de atenciones y regalos. Se llevó la mano al cuello, donde un collar de perlas engarzadas en el nácar de las conchas palpitaba con su pulso, y también sus dedos, muñecas y tobillos lucían el mismo tipo de adornos. Parecía una princesa persa de *Las mil y una noches,* o una joven sultana esperando en su palacio la llegada del hombre al que seducir.

–Estas conchas y perlas –le había dicho Nemo al entregárselas– *pueden interesar a un naturalista, pero tienen para mí un encanto mayor y es que las he recogido todas con mi mano, no habiendo un solo mar del globo que se haya librado de mis pesquisas.* Ahora son tuyas, mi alma, porque en ningún lugar van a lucir más que sobre tu piel.

Últimamente la llamaba «mi alma», y Auda pensó que si el alma es la región más profunda y sincera del ser humano, entonces no podía haber una manera más emotiva de llamarla.

No es que hubiera olvidado el compromiso con los chicos. No es que hubiera olvidado que tenía una pregunta. Pero Nemo se encargaba de que lo recordara poco. Y sabía cómo hacerlo.

Michel Ardan limpiaba la herida de Phan. Era muy profunda y tuvo que ponerle varios puntos de sutura.

–Veamos –dijo a los chicos–: dentro de unas horas, exactamente a las diez y cuarenta y seis minutos con cuarenta segundos, esos dos amigos y yo partimos hacia la Luna. –Señaló a dos hombres que, encaramados en lo alto de una escalera altísima, ultimaban preparativos y entraban y salían del proyectil.– Si no lo hacemos en ese preciso momento tendrán que transcurrir dieciocho años más para que la Luna vuelva a encontrarse en las circunstancias idóneas que hoy se dan. No hay por lo tanto tiempo que perder. Sí, muchachos, estáis en lo cierto. Alguien dejaba mensajes para vosotros y debo confesar que era Nadar. O yo. Enterados de vuestra rebelión por Fergusson, que nos dio la noticia, en realidad lo que hacíamos era buscaros por un lugar y por otro. Hemos gastado mucho tiempo en ello, pero al no encontraros, intentábamos facilitar al menos que vosotros le localizarais a él. O a mí. Debéis admitir que fue una buena idea.

–¿Quién? –interrumpió Briant, hecho un lío–. ¿Quién nos buscaba? ¿Quién saltaba de novela en novela, Nadar o usted?

–Nadar, por supuesto –dijo Ardan, muy serio–. O yo.

–Pero ¿por qué los mensajes estaban en clave? Hubiera sido más fácil decir claramente quién era usted y dónde estaba. Nos hubiéramos ahorrado gran cantidad de tiempo y de problemas.

–No, de ningún modo; eso no podía ser –respondió Michel Ardan–, teníamos que probaros, comprobar vuestra voluntad, vuestro valer, vuestra firmeza en el proyecto. Nadie se rebela sin poderosas razones para ello, o así debería ser al menos. Por otra parte, hay personajes en las novelas de Verne de una heroicidad y una entrega fuera de lo normal, y no creo que deba entretenerme en daros nombres, los conocéis tan bien como yo. Si hubiéramos hecho como decís, si no hubiéramos puesto ciertos obstáculos para encontrar a Nadar, cualquiera de esos personajes habría saltado de su novela, abandonándola por un tiempo para ayudaros. Ellos son así, Verne los ha configurado de esa forma. Y con la pequeña rebelión que habéis montado ya bastaba, no era necesario facilitar ninguna más. Dejando caer los mensajes en clave, al comprender que no eran para ellos, los han ignorado, pues siempre es más importante la misión que tienen que perseguir en su propia historia que intentar solucionar problemas de alguien a quien ni siquiera conocen. Eso al menos dedujo Nadar que harían. O yo. Y como habéis comprobado, no estábamos equivocados.

Visto así, no dejaba de tener su lógica. Pero había una gran duda: ¿Por qué Michel Ardan pudo saltar sin obstáculos a tantas novelas? La suya, *De la Tierra a la Luna,* era muy anterior a la mayoría, casi de las primeras escritas, y según la teoría del doctor Fergusson y la propia experiencia, viajar al futuro era impensable.

–Yo no tengo nada que ver con el resto de los personajes. –Michel Ardan rio enseñando los dientes por detrás de su cigarro.– Soy diferente... ¿Cómo lo diría?... Especial. Sí, eso es, soy un personaje especial. En realidad soy y no soy un personaje.

Michel Ardan se levantó. Había terminado de coser y vendar la herida de Phan. Abrió su saco de viaje y sacó unas polainas de cuero.

–Bien, chicos, debo irme. Volved a vuestra novela, volved a *Dos años de vacaciones.* ¿Desde cuándo un personaje se rebela? Verne no va a estar contento con vosotros si se entera, no señor, y no se merece este trato. Os repito: volved a vuestra historia y esperad. No hay ninguna novela inacabada, tampoco la vuestra lo será. Solo os pido paciencia.

–¿Y el ovillo de cordel de Verne...?

A Michel Ardan comenzaba a notársele cierto nerviosismo. Y no era para menos. Cualquiera no tiene que atender una visita inoportuna justo antes de partir para la Luna.

–Olvidaos del ovillo, ya no hay tiempo. Haceos idea de que os hablo por boca de Verne.

–¿Y Nadar?

–¡También os hablo por boca de Nadar! –gritó ahora Michel Ardan.

–Entonces, podrá responder a nuestras preguntas...

–¡Preguntas! ¡Preguntas! ¿Quiénes os habéis creído que sois para tener preguntas? ¡Los personajes no se plantean preguntas! ¡Los personajes actúan y sienten solo a través del escritor!

–Pero el escritor tiene la obligación de cuidarlos, de quererlos... –dijo Briant, afectado.

–Volved a vuestra novela cuanto antes o lo vais a lamentar, debéis creerme –dijo Michel Ardan.

–No podemos volver. Salimos de ella con una misión. Si usted no quiere ayudarnos, tendremos que seguir buscando a Nadar por nuestra cuenta.

Michel Ardan movió impaciente la cabeza. Apretó los labios, conteniéndose.

–¡Ah, cuánta exigencia! Os ayudaría, amiguitos, os llevaría hasta Nadar, pero habéis llegado demasiado tarde. Llevo muchos días esperándoos, ¿dónde estabais?

–¿Que dónde estábamos? ¿Dónde estaba usted? Nosotros de libro en libro, en busca de Nadar.

–Bien, pues está claro que hemos estado jugando al gato y el ratón y no nos hemos encontrado. ¿Os he dicho que dentro de unas pocas horas partimos? Ya no hay tiempo, no hay tiempo para buscar a Nadar. Sed buenos chicos, volved a la novela y esperad el desenlace. Como cualquier personaje.

–A otros personajes no los han abandonado. Queremos saber por qué a nosotros sí.

–¡Habrá un desenlace, por mi vida! ¡Tened un poco de paciencia!

–También queremos saber por qué somos tan fracasados e insignificantes, otros personajes no lo son. Queremos saber por qué Verne no nos quiere.

–¡Oh *mon Dieu, mon Dieu*! –exclamó Michel Ardan–. ¿Sabes lo que es el cenit? –dijo, dirigiéndose a Briant y propinándole bandazos en el hombro con el dedo índice más tieso que un palo–: un punto del cielo situado en completa verticalidad sobre otro. ¿Sabes lo que es el perigeo? –Ahora miraba a Phan.– La distancia más corta que puede haber entre la Luna y la Tierra durante su órbita elíptica alrededor del globo. Pues bien: esta noche se dan ambas condiciones sobre este punto, aquí, en Florida. No se volverán a dar hasta transcurridos dieciocho años. Es el momento idóneo para un viaje que llevamos mucho tiempo preparando. Si pierdo un minuto más con vosotros y el viaje se malogra, no sé lo que soy capaz de hacer. Y no exagero.

–También queremos saber por qué Auda es un cero a la izquierda, por qué no puede tomar decisiones. Ella nos espera en el Nautilus, tenemos que llevarle la respuesta y devolverla a su novela.

–¡Aaaah! –aulló Michel Ardan–. *¡Merde! ¡La vache!* Está bien. Primera pregunta: vuestra novela ha sido interrumpida por una gran depresión. Verne pasa por malos momentos y ha empezado otra nueva historia que le satisface más. Punto. Segunda pregunta: no sois unos fracasados, no sois insignificantes, pero lo pensáis, pensáis que realmente lo sois. Estáis cegados, deslumbrados por los personajes que vais conociendo. Tercera pregunta: Auda es como son todas las mujeres en las novelas de Verne; no hay heroínas, y ella no va a ser una excepción, decídselo de mi parte.

Michel Ardan se enfundó decidido las polainas de cuero y se caló una gorra de lana con visera. Apagó su sempiterno cigarro y cargó al hombro su saco. Iba a emprender un viaje pionero, tal vez sin retorno, en el interior de una bala propulsada por la explosión de un cañón. Iba nada menos que a la Luna, un lugar desconocido, sin explorar, del que poco o nada se sabía. ¿Y aún quería convencerles de que no eran insignificantes en comparación con otros personajes? ¡Por favor!

Antes de marchar hacia su destino, todavía les repitió como última advertencia:

–Volved a vuestra novela y hacedlo sin tardar. No quisiera enterarme de que habéis desobedecido. Os lo repito: hablo por boca de Verne. Y también por boca de Nadar. Si regresáis, os prometo que Verne termina la novela.

–Sí, pero ¿cuándo?

Hasta el mismo Briant encontró su voz sin brío. De todas formas, Michel Ardan ya no les oía. Ahora ascendía las empinadas escaleras que lo situarían en la entrada de la nave-proyectil, aclamado por la multitud, saludando con la mano firme y extendida, y en compañía de otros dos aguerridos, importantes y nada fracasados personajes.

Capítulo diecisiete
La duda

Durante los días que Briant y Phan estaban ausentes Auda no comía, ya no reía, no podía dormir. Una serie de sentimientos contradictorios le alteraban el carácter y el sueño. Por una parte, estaba impaciente por el regreso de los chicos, por conocer las respuestas, por el final de la aventura, por recuperar su vida serena junto a Phileas Fogg. Pero por otra, le costaba separarse del capitán Nemo. Se preguntaba una vez más si sería capaz de tomar la decisión más adecuada, por difícil que fuera, o si nuevamente se dejaría arrastrar por las demás personas y por los acontecimientos. Se sentía desorientada, sola en universos masculinos, ya que tanto en su historia como en la de Nemo no se hacía apenas ni mención de otras mujeres. La duda terrible estaba ahora más viva que nunca. ¿Qué tenía Verne contra las mujeres para que el papel femenino quedara empequeñecido, relegado a secundario sin voz ni opinión? ¿Le resultaban incómodas? ¿Acaso las odiaba?

Cierta mañana desayunaban ella y el capitán Nemo en el comedor. Esta vez era un sirope fermentado de diatomeas que endulzaba la leche tibia de foca fraile. En el centro de la mesa había una exquisita ensalada de frutos de mar. Mientras el capitán Nemo tomaba su desayuno con gran tranquilidad y deleite, Auda lo observaba. En la pose detenida, un leve temblor le movía la cabeza y los cabellos le vibraban como hilos de seda. Los pendientes que le adornaban las orejas recogían la luz y proyectaban en las paredes un calidoscopio que recordaba los movimientos del agua. En medio de ese instante de belleza, Nemo y sus palabras adquirían proporciones y valores superiores, todo lo que sucediera entonces podía ser sublime, excepcional.

–Hoy he preparado para ti algo diferente –dijo cuando acabaron el desayuno, levantándose de la mesa–. Ven.

Auda lo siguió y juntos abandonaron el comedor lentamente. Nemo le pasaba el brazo por el hombro y le hablaba al oído. Sonreía. No olvidaba que intentaba enamorarla antes de que los chicos regresaran y sospechaba que aún no lo había conseguido del todo.

–Vamos a salir de excursión, fuera del Nautilus. Por primera vez caminaremos juntos por el exterior.

La cara de Auda reflejó interés y sorpresa. Qué fácil era sentirse bien en el Nautilus, qué fácil era sentirse bien junto a Nemo.

–Entonces ¿has cambiado de idea? –dijo–. ¿Ya no te importa poner los pies en la tierra?

Sin contestar todavía y sin dejar de sonreír, el capitán Nemo llevó a Auda a un cuartito pequeño situado cerca de la sala de máquinas y le mostró unos trajes de rarísimo aspecto. Eran impermeables y cubrían el cuerpo por completo. Gruesas botas con suela de plomo y guantes con cierre hermético completaban el atuendo. Y para la cabeza, redondas y doradas escafandras.

–Pasearemos por el fondo del mar. Mira. –Señaló unas mochilas integradas en los trajes que se sujetaban a la espalda.– Bomba generadora de oxígeno, depósito autónomo para almacenarlo y varios reguladores. Y debo advertirte una cosa: durante el tiempo que dure la salida iremos unidos por una cuerda. No quisiera perderte. Ni dentro ni fuera del mar. Nunca. Con esto yo sí respondo a tu pregunta.

–¿Mi pregunta? –dijo Auda alucinada, contemplando aquellas vestiduras imposibles y casi, casi irreales–. ¿Qué pregunta?

–Me acabas de preguntar si ya no me importa poner los pies en la tierra. Pues bien: había prometido no hacerlo en lo que me queda de vida, pero si tú me lo pides, los pondré. Quiero que lo sepas.

Se lo dijo mirándola fijamente a los ojos, aquellos ojos del color de la madera oscura, y había adoptado una expresión muy seria. Auda bajó la vista. Aunque lo intentaba, no estaba segura de poder resistirse a los encantos desconcertantes del capitán Nemo.

Capítulo dieciocho

En el que Briant y Phan aprenden algo importante

Tirados en la hierba o en el polvo de un lugar cualquiera de Florida, Briant y Phan, lejos de todo bullicio, intentaban reponerse de una fatiga ya crónica antes de regresar al Nautilus. La amenaza de Michel Ardan pesaba como plomo sobre sus cabezas, y no solo la amenaza, sino también la promesa: «Si regresáis, os prometo que Verne termina la novela», había dicho insistiendo que hablaba por boca del mismo Verne, e incluso por la de Nadar. ¿Cómo podía ser eso? A Auda le transmitirían su respuesta. ¿La satisfaría? Era probable que no, como a ellos, pero la mandarían de vuelta a su novela, junto a Mr. Fogg. Después regresarían a su isla y asunto concluido. Dentro de algún tiempo la odisea de la rebelión sería un recuerdo más, una presencia en sus mentes de la que poco a poco se olvidarían. ¿Defraudados? ¡Bah! ¡Qué más daba! Era así como tenía que ser, no valía la pena sufrir por ello.

Postrados y en silencio, ambos repasaban las experiencias vividas desde el día que salieron de su isla abandonando aquel invierno que parecía infinito en busca de respuestas convincentes. Qué lejano parecía. Cuántos sucesos y cuántos personajes iban quedando atrás. Cuántas separaciones, cuántos adioses. Muy pronto retornarían a sus historias y también se despedirían de Auda.

Y, no obstante, debían sentirse felices. Se reencontrarían con sus viejos compañeros, los amigos del colegio, sus camaradas de aventuras, ahora que el problema estaba resuelto.

Pero ¿estaba de verdad resuelto?

Sin duda. Verne atravesaba una gran depresión y debían esperar con paciencia a que se restableciese, se animase y continuase la historia. Así de simple.

¿Lo haría?

Seguro. Michel Ardan lo había prometido y parecía un hombre serio, de fiar, no un vulgar charlatán de feria que seduce con palabrería gastada.

En cuanto a por qué Verne no se animaba a escribir sobre ellos (e intentaba consolarse con unos nuevos personajes) y cuándo retomaría el manuscrito, eran preguntas que quedaban en el aire, en medio de una gran incógnita, a pesar de lo mucho que habían intentado resolverlas. Por el contrario, ahora sabían que no eran unos fracasados, ni tampoco insignificantes, lo cual reconfortaba un poco.

¿De verdad no lo eran?

La frase de Dick Sand volvió al recuerdo de Briant: «El primer paso para lograr un don es renunciar a aceptar que no se posee.» De pronto ya no le parecía tan complicada. Simplemente encerraba un mensaje de ánimo y aliento, un mensaje vital, y lo mismo sucedía con aquello que les dijo el doctor Fergusson cuando partía en su globo: «No desfallezcáis, seguid investigando»; e incluso el acaudalado Lord Glenarvan en su yate a vapor les trasmitió una idea similar: «La fe mueve montañas.»

Hasta Nemo, el inaccesible y reservado Nemo les exigió resistir con una de sus frases categóricas: «Nada es imposible si se pone la voluntad necesaria.»

Y es que ese era el mensaje que unos y otros se empeñaban en divulgar: la fe.

Fe en la vida, en el futuro, en las personas, pero sobre todo fe en sí mismos y en sus valores. Fe en sus posibilidades. Fe, poderosa virtud, algo que también se habían olvidado enseñar en el colegio Chairman de Auckland, Nueva Zelanda, y que como tantas otras cosas tendrían que aprender solos, viviendo. FE, con mayúsculas, hermosa palabra.

Ya no había vuelta atrás. De pronto, el pensamiento de fe golpeaba la mente de Briant haciendo estragos en su pobre cabeza despistada.

–¿Phan? –dijo Briant.

–¿Sí? –contestó Phan.

–Regresamos a Stone's Hill. Michel Ardan tiene que llevarnos hasta Nadar. Eso que nos ha dicho no son respuestas completas. No deshacen el ovillo de cordel y no nos solucionan nada. ¿Estás de acuerdo conmigo?

Phan lo miró. Herido en el cuerpo y humillado en el alma, no tenía nada que perder.

–Sí, claro, estoy de acuerdo, ¿por qué no? –dijo con gran indiferencia mirándose la punta de las botas–. Ya qué más da. No me da miedo Michel Ardan, no me da miedo J. T. Maston. Ni siquiera me da miedo Verne. Y si me dieran miedo, de poco serviría. Si hay que luchar, se lucha. Cualquier cosa antes que arrastrar esta vida, esta patética vida, que no sé si es vida o es muerte...

Esta vez había hablado un Phan desconocido, Phan el pensador.

Capítulo diecinueve
Regreso a Stone's Hill

Era de noche en Florida, la noche memorable del uno de diciembre, pero seguía haciendo calor. ¿Llegaría el invierno a esa parte tan meridional de la vasta y contrastada Norteamérica? No parecía probable. Y ellos llevaban días enteros acarreando los tabardos marineros que sacaron de la isla, varias tallas por encima de la suya. Pero se acabó. No lo soportarían más. Briant y Phan se deshicieron de la ropa de abrigo, que quedó abandonada en algún lugar de Florida que muy pronto no podrían recordar.

Se encaminaron a paso rápido hacia Stone's Hill. La muchedumbre concentrada para ver el lanzamiento entorpecía el ascenso y tuvieron que abrirse paso a codazos.

Subieron hasta la cima de la colina tropezando y cayendo todo el rato con las piedras sueltas. Paciencia; se levantaban y en paz. Phan maldecía, renegaba. De cada caída siempre quedaba alguna magulladura como señal en la cada vez más frágil piel de ambos. No importaba; se sacudían el polvo y a otra cosa. Hicieron un agujero, rompiendo las cañas, en un lugar sin vigilancia de la empalizada y lo atravesaron. ¡Ya estaban dentro!

Acurrucados al otro lado de la empalizada, Briant y Phan miraron sobrecogidos el altísimo proyectil que brillaba bajo los focos de luz. Parecía que tocaba el cielo. Más arriba aún, una luna redonda y enorme bañaba la colina entera con su reflejo de plata.

Avanzaron arrastrándose por el suelo seco y pedregoso y buscando las zonas de sombra. Era lo más prudente. Los codos y rodillas asomaban por la ropa rota, y comenzaron a sangrar. Qué más daba; no abandonarían mientras les quedara una sola tira de pellejo sobre el cuerpo, un aliento que exhalar.

Llegaron hasta el cañón, una impresionante mole de hierro rodeada de una obra de mampostería. Unas escaleras empinadas salvaban sus novecientos pies de altura y terminaban en la puerta misma de una bala que el empeño humano había convertido en vehículo espacial. Briant y Phan imaginaron a Michel Ardan en su interior, enfundado en unas polainas de cuero y una gorra de lana con visera, esperando impaciente junto a sus dos compañeros el momento exacto de la explosión, el inicio del viaje, acaso sin retorno, que los acercaría a la Luna.

Un reloj a la vista de todos contaba las horas, los minutos, los segundos. Tenía la esfera blanca y grande como una luna, la otra luna de Stone's Hill. Eran las nueve y cuarto de la noche. Faltaban noventa y un minutos para el lanzamiento. Briant y Phan disponían de ese tiempo para subir la escalera y, ya arriba, tratar nuevamente de hablar con Michel Ardan.

Pero había dos problemas: ¿cómo subirían sin ser vistos? ¿Y cómo conseguirían ser escuchados por Michel Ardan?

Ocultos a la sombra del cañón, Briant se devanaba los sesos en busca de una solución acertada de emergencia. Se decía a sí mismo que era capaz de encontrarla. Se repetía la palabra *FE* una y otra vez, igual que una melodía pegajosa. Pero su mente no quería trabajar, atrofiada por ese cansancio físico y mental inexplicable. Phan, entretanto, se frotaba una pierna. Tenía una herida (otra más). Le dolía mucho. Parecía bastante grande. Le manaba sangre que no podía ver. Palpó en el bolsillo de su pantalón los fósforos robados en la biblioteca del Nautilus y se le ocurrió que podía alumbrarse la herida con ellos. Los sacó sin que Briant se diera cuenta. Encendió uno y se lo arrimó a la pierna para mirarla a la luz. El fogonazo primero iluminó el oscuro escondite con la fuerza de una bengala.

Briant rodó hacia Phan a la velocidad del rayo.

–¡Phan! ¡Los fósforos! ¡Los fósforos, Phan!

Phan puso cara de fastidio.

–Sí, los fósforos. ¿Qué pasa con ellos? Ahora los necesito y voy a utilizarlos. ¿Es que me vas a dar azotes por ello, mamaíta?

Había hablado Phan, el fanfarrón.

Con un tirón brusco, Briant se los quitó.

–Pero ¿es que no te das cuenta? ¡Los fósforos van a salvarnos, acabo de verlo, tengo un plan! –Los agitaba en el aire.– ¡Van a salvarnos, estúpido Phan, y robarlos habrá sido lo único bueno que hayas hecho por la causa!

Phan reconquistó los fósforos. Agresivo, se había puesto en pie.

–Conque van a salvarnos, ¿eh?... Bien, pues retira lo que has dicho, pídeme perdón o no vuelves a ver los malditos fósforos. Hablo completamente en serio.

Los estrujaba en sus dedos para asustarlo. No, no exageraba, estaba asqueado de todo. Estaba asqueado de Briant. Pero Briant, lejos de acobardarse, se aproximó a él todo lo que pudo, provocándolo; sabía que la victoria dependía de los fósforos, pero también de sí mismo y de su manera de actuar. Fe, fe, fe, fe...

–Solo un majadero como tú se pone a discutir por tonterías en un momento así –le dijo con voz odiosa–, y solo un grandísimo ignorante es capaz de estropear lo que persigue cuando por fin lo tiene al alcance de la mano. Pobre, pobre Doniphan. Amigo, eso no lo arregla nadie. A ti no te salva ni la fe.

Y se quedó parado, mirándolo como si tal cosa. Contra todo pronóstico, Phan no reaccionó con furia. De pronto se desinflaba. ¿Qué quedaba del matón, del camorrista del colegio? ¿En qué lugar o en qué tiempo se había perdido Phan, el alborotador? Briant recuperó los fósforos sin esfuerzo ni violencia, y con ellos en la mano, dio la espalda a Phan y lo dejó allí plantado, entre la sombra del cañón y su desprecio. Entonces Phan hundió las rodillas en el suelo y, sin poder evitarlo, lloró.

Lloró sin ruido, que es el llanto más amargo, mientras Briant empezaba a caminar hacia las escaleras del Columbiad. Ya no lo veía, pero lo imaginó llorando sin consuelo, destrozado. ¡Diantre! Habían sido compañeros de aventuras. Más de una vez y más de dos se olvidaron de sus problemas personales, en algún momento incluso se rieron con ganas por alguna tontería, y fueron muchas las ocasiones en las que se sintieron camaradas. Y sobre todo, habían viajado, conversado, investigado, luchado, padecido, enfermado y desertado de su novela por una causa común. Juntos. Para bien o para mal.

Dio media vuelta y regresó al lado de Phan. Pronto vivirían un momento apoteósico. Como todo lo demás, debían vivirlo juntos. Faltaban sesenta minutos para el lanzamiento.

–Vamos, Phan –dijo acercándose a él y ofreciéndole la mano–, levántate. Nos esperan muchas escaleras y no queda tiempo. Juntos hemos llegado hasta aquí y juntos, si es preciso, moriremos.

Y nunca había sido más sincero.

Capítulo veinte
De cuando la fe mueve montañas

Comenzaron a ascender las escaleras del cañón. La potente luminosidad eléctrica molestaba en los ojos a Phan, irritados de haber llorado tanto.

Un grito rasgó el aire.

–¡Alto! ¡Quién va! ¡No se puede subir!

¿Que no? Ya lo verían. No pensaban detenerse.

–¡Alto! –repitieron desde abajo–. ¡Desciendan e identifíquense! ¡No se puede subir!

Briant y Phan siguieron subiendo, deprisa, más deprisa cada vez, conscientes de ser el centro de muchas miradas.

–¿No han oído? ¡Desciendan! ¡Desciendan e identifíquense!

Apenas veinte o treinta escalones los separaban de la meta. Numerosas personas comenzaban a apelotonarse abajo, en la base del cañón.

–¡Identifíquense o disparamos!

Completaron la ascensión sin titubeos, aunque habían

visto allá abajo desenfundar varias pistolas y un par de rifles de asalto. ¡Disparar! Aquello sí que tenía gracia. ¿Acaso los tomaban por idiotas? Primero: les importaba un bledo morir. Segundo: no morirían, al menos de un escopetazo. ¿Quién se atrevería a reventar un tiro de arma de fuego sobre ellos, tan próximos como estaban del cargamento de pólvora del cañón? Porque Briant sabía que la fuerza de la artillería se basa en el explosivo, y si el Columbiad, a pesar de su tamaño, era un cañón como todos, entonces un abundante cargamento de explosivo tenía que estar colocado bajo la bala, a los pies de donde ellos se encontraban, esperando la chispa que lo detonara. Y esa chispa podía producirse por un disparo errado, por una llama, por un detonador eléctrico, o por un simple fósforo encendido, he ahí el plan ideado por Briant. Por lo visto estos americanos nada sabían de las completas clases de física aplicada que impartía el selecto colegio para chicos Chairman de Auckland, Nueva Zelanda.

Junto a la puerta de entrada al proyectil, Briant encendió uno de los fósforos. Una fuerte y unánime exclamación alborotó a la muchedumbre.

–¡Queremos hablar con Michel Ardan! –gritó para que todos lo oyeran, aproximando el fósforo encendido al interior del cañón, lleno a rebosar de pólvora potente–. ¡Salga, Michel Ardan! ¡No nos iremos de aquí mientras no salga! ¡Estamos dispuestos a morir por nuestra causa!

Y lo estaban, como cualquier otro personaje.

–Si no sale Michel Ardan, estallaremos con él –repitió, golpeando la puerta con la palma de su mano y mostrando a todo el mundo el paquete con los fósforos.

Se produjo un contenido silencio. Luego la puerta de la bala se abrió y Michel Ardan apareció tras ella. Con el aspecto feroz de un superhombre, miraba a los chicos arrojando fuego por los ojos, un fuego mucho más vivo, aunque menos peligroso, que el de la pequeña llama que ardía en la mano de Briant.

–¿Otra vez aquí? –rugió, apagando la cerilla de un soplido–. ¿Y ahora qué queréis?

–Encontrar a Nadar. Solo eso. Díganos dónde podemos buscarlo y nos iremos. Nunca más volveremos a molestarlo.

Sin contestar, Michel Ardan se abalanzó sobre el paquete de fósforos, pero Briant fue más rápido y se los pasó a Phan, que amenazaba con encenderlos todos, prender la pólvora del cañón y acabar con el asunto sin contemplaciones.

–¿Dónde está Nadar? –preguntó Briant.

–Os dije que ya no había tiempo, que era demasiado tarde. ¿Lo habéis olvidado?

–Nosotros tenemos todo el tiempo del mundo. No le pedimos que nos acompañe, solo que nos diga dónde está Nadar. Iremos y lo buscaremos.

–Os ordené que volvierais a vuestra isla, ¿recordáis?

–No volveremos hasta que no hablemos con Nadar.

–Dije que me enfadaría, que tomaría represalias. Quizás olvidé deciros que puedo ser muy cruel.

–No nos asusta. No volveremos hasta que no hablemos con Nadar. Por eso estamos aquí y, sin lograrlo, no regresaremos.

Michel Ardan miró su reloj. Faltaban cuarenta y cinco minutos para el lanzamiento, él tenía que estar sentado y amarrado en su puesto, y no hablando con esos inconscientes muchachos que, en su locura, eran capaces de hacer saltar la nave por los aires. Una reacción dañina le subía por la garganta, furia, violencia, ganas de aporrear a los chicos, pero nada era tan importante como el viaje.

–¡Maston! –gritó–. ¡Maston! ¿Está usted ahí?

A J. T. Maston se le oyó de inmediato. Gritaba pegado a un megáfono y su voz retumbaba en toda la colina como una tormenta de piedras.

–¡Aquí, señor, junto al cañón!

–¡Escúcheme bien, Maston, tiene que hacerme un favor!

–¡Estoy a sus órdenes!

–¡Conduzca a estos insensatos hasta Nadar, que le hagan las malditas preguntas y que regresen de una maldita vez a su maldita historia!

Un silencio.

–¿Maston? –preguntó Michel Ardan a voz en grito.

Otro silencio.

–¿Está ahí, Maston?

–¿Señor? –Se oyó débil ahora a J. T. Maston.

–¿Qué sucede, Maston?

–Verá... Si conduzco a estos chicos hasta Nadar... me perderé el lanzamiento... Llevo tanto tiempo esperando este momento... Mándeme lo que quiera menos eso.

–¿Desde cuándo un artillero del Gun-Club se niega a obedecer una orden? Pero no es una orden, Maston, sino una súplica. Se lo pido como amigo, como un favor.

–Señor, yo tenía que estar ahí dentro de esa bala, con usted. Pero mis heridas de guerra me lo han impedido...

–Lo sé, Maston, lo sé.

–Yo debía ser el elegido, este proyecto es mío, este cañón es mi obra...

–Sí, Maston, lo sé también.

–Años de trabajo, de esfuerzo, de ilusiones...

–¡Maston, óigame!, debe conducir a los chicos hasta Nadar y debe hacerlo ¡ya!

–Si me pierdo el lanzamiento todo me dará igual, seré un hombre acabado...

–¡Basta, Maston, basta! Si se da prisa aún llegará a tiempo de presenciar el lanzamiento. ¡Vaya! ¡Es una orden!

J. T. Maston escupió en el suelo con rabia, pero sabía que no tenía elección. Cogió una tea encendida de las muchas que alumbraban la zona y comenzó a bajar la colina de Stone's Hill. Los chicos bajaron a galope la escalera porque sabían que aquel energúmeno no los esperaría. Ni siquiera tuvieron tiempo de despedirse de Michel Ardan. Tampoco de desearle un feliz viaje. Nadie los abucheó esta vez, nadie los insultó ni les lanzó piedras; todas las bocas habían enmudecido. J. T. Maston iba abriéndose paso entre la gente, arrastrando la pata de palo tan deprisa que parecía imposible. Sudaba bajo el cráneo postizo. La gruesa barriga se bamboleaba como si de un momento a otro se le fuera a caer.

Atrás quedó el cañón, Stone's Hill y la marea de gente. Ahora atravesaban una llanura desierta. Lejos, muy lejos, se distinguían, brillando en la noche, las luces de Tampa.

Y de pronto, la oscuridad completa, la interrupción brusca del paisaje, otra vez la Nada. J. T. Maston tomó aire y se tragó un juramento.

–Pero... esto es la Nada... –dijo Briant, comprendiendo que iban a saltar.

–¡Qué Nada ni qué Nada! Es la realidad, el Todo, diría yo. Ahí es donde vais a ir a parar.

–¿Ahí está Nadar?

–Dadme la mano –dijo Maston, secamente.

–Entonces... Nadar... no es un personaje...

–¡La mano!, por todos los demonios...

Le dieron la mano con miedo y desgana, sabían que era la única forma de viajar a la Nada (o al Todo) de J. T. Maston. A Phan le tocó el garfio. Sintió la frialdad del metal como si de nuevo rasgara su cara y un escalofrío le recorrió la espalda.

Faltaban quince minutos para el lanzamiento.

–Bien. Esto queríais, ¿no?

Maston soltó a los muchachos nada más dar el salto. Hizo ademán de marcharse, de volver a Florida de inmediato.

–¡Espere! ¿Dónde estamos? ¡Díganos dónde estamos!

–En París, en la casa de Jules Verne. Nadar y él son grandes amigos. Si tenéis paciencia, lo conoceréis.

–¿Cómo lo reconoceremos? ¿Cómo sabremos quién es Nadar?

J. T. Maston miró su reloj y soltó una blasfemia. Mucha prisa debía darse si quería llegar a tiempo. Demasiada. No estaba seguro de poder lograrlo.

–¡Lo reconoceréis, malditos chicos curiosos, lo reconoceréis! Eso no será un problema. Yo me voy. He cumplido la orden de Michel Ardan y seguramente me perderé el lanzamiento. Ahora bien: por mis muertos y por los cientos de muertos que han causado mis balas, yo os maldigo. Deseo de verdad que si encontráis las respuestas, las penalidades que sufráis sean tan grandes que lamentéis para siempre haber intentado buscarlas.

Dicho esto, Maston se zambulló en las páginas de *De la Tierra a la Luna.* Debería recorrer el camino que lo separaba del cañón en un tiempo límite, casi imposible.

Aún Briant, conmovido, quiso comprobar si finalmente aquel hombre iracundo y lisiado lo conseguía, y para ello se dispuso a leerlo en las páginas de la novela. Pero no había tal, la novela solo era un manuscrito y la acción terminaba donde ellos la habían dejado antes de partir con él a la Nada, en Stone's Hill, a quince minutos del lanzamiento.

Capítulo veintiuno
Una luz aparece al final del oscuro túnel

Nueva Nada. Y nueva casa. Aunque volvían a estar en París, no era aquella la humilde y húmeda buhardilla, primera morada de Verne tras su matrimonio con Honorine, sino una casona a las afueras de la ciudad, en una zona tranquila y campesina. De estilo rural, todo en ella hablaba sin embargo de la nueva y mejorada situación económica de Jules Verne, un hombre de treinta y tantos años que empezaba a saborear las mieles de la fama y que, debido al rígido contrato que había firmado (debía proporcionar al editor tres novelas por año), escribía dos y hasta tres manuscritos a la vez.

Pasaban los días. Briant y Phan esperaban aburridos o cansados algún acontecimiento, es decir, esperaban a Nadar: Maston había asegurado que lo reconocerían sin problema, ¡pues a esperar entonces! Seguían sintiendo esa debilidad creciente que los consumía, pero no podían abandonar París: Maston había aconsejado paciencia. ¡Pues paciencia también!

Una tarde de tantas, Verne se preparó para salir. Honorine le trajo su abrigo de paño negro. Bajo las solapas se entreveían los bordes de un chaleco de galón a cuadros y alrededor del cuello de la camisa se ató la consabida pajarita que siempre prefirió al lazo o a la corbata. Se cubría la cabeza con un sombrero de hongo. Michel, de unos tres años, quería jugar, llamar la atención de su padre, pero Honorine lo tomó en brazos para que no se acercase porque tenía los dedos y la carita pringosos de azúcar. Alto y pomposo, Verne podía presumir de un físico imponente, y los sencillos vecinos de su nuevo barrio lo saludaban con una inclinación de cabeza que casi era una reverencia. Pidió un coche de caballos de alquiler y se dirigió al cochero sin mover apenas los labios:

–Al número 18 de la calle de Jacob.

Briant y Phan se escondieron entre las barras de transmisión de las ruedas, decididos a seguir a Verne hasta el mismo infierno si ello fuera necesario.

En el número 18 de la calle de Jacob estaba el despacho del señor Hetzel, el editor. Los dos hombres se saludaron con un cerrado apretón de manos. Hablaron durante mucho rato y la relación entre ambos resultaba cordial y afectiva. Aunque se trataban con un respetuoso usted, la cercanía y la confianza eran notables. En medio de la charla, llamaron a la puerta. Alguien abrió y un nuevo hombre hizo su aparición en el despacho.

Era el recién llegado un tipo grande y fuerte que recordaba completamente a Michel Ardan. Vestía ropas amplias y descuidadas, con el nudo de la corbata flojo y los puños de la camisa sin abrochar, vivo retrato de Michel Ardan.

Llevaba la melena despeinada bajo un sombrero de copa y un grueso cigarro humeaba tras el espeso bigote... todo como en Michel Ardan. Y la voz poderosa de risa rotunda llenaba los oídos con su sonido estridente... idéntica a la de Michel Ardan.

Briant y Phan se miraron abriendo mucho los ojos. Casi no podían creerlo.

–¡Nadar! –se dijeron el uno al otro.

Y habían acertado. En el anagrama del mensaje de Nemo, Radan era Nadar y ahora resultaba que Nadar era también Ardan. Cinco letras, tres nombres, una sola persona. Por lo visto, a menudo Verne creaba, inspirándose en un ser real, uno cualquiera de sus personajes.

–Pero estos son idénticos –exclamó Briant, maravillado–. ¿Así me pareceré yo a ese joven Briand del que nos habló Dick Sand?

Nadar se quitó el abrigo y lo lanzó a la esquina de un sofá. Cayó arrugado y desordenado al suelo. Sonreía abiertamente al reencontrarse con sus amigos y enseñaba unos dientes pequeños que amarilleaban por la repetida exposición a la nicotina del cigarro.

Y de pronto Nadar miró a los chicos, y los chicos notaron la fuerza de esa mirada por más que se repitieran que eran diminutos e invisibles para los humanos y que ser descubiertos por Nadar era a todas luces imposible.

El capitán Nemo meditaba en la biblioteca del Nautilus. Auda no estaba con él. Recorría una y otra vez la estancia de lado a lado con pasos vacilantes de borracho. Algo le decía que su aventura con Auda tenía los días contados y pensar en ello se le hacía doloroso, insoportable, como un dardo en el pecho que no se podía arrancar. Porque no creía haber conseguido su amor, ¡no era tan necio!, y si los chicos encontraban a Nadar volverían con respuestas verdaderas. Auda entonces regresaría junto a Phileas Fogg y él la vería irse de su lado para siempre.

Nemo se detuvo frente a una estantería repleta de libros y pasó la mano por los lomos de desigual aspecto. A la mente le venían los buenos ratos pasados con Auda allí, cuando él leía poemas de Poe para ella. La verdad es que ya todo lo relacionaba con Auda.

–Aquí está –dijo el capitán Nemo en voz baja.

Acababa de dar con una pequeña puerta camuflada entre los libros cuya existencia nadie más conocía. La quiso abrir con una llave que se sacó del bolsillo, pero la cerradura crujía, estaba atascada y Nemo la tuvo que engrasar. La puerta daba paso a una pequeña cámara estanca con generador de aire independiente, refugio secreto donde tenía pensado esconderse como último recurso si la justicia del mundo terrestre, de la que era renegado y prófugo, daba con sus huesos. Estrecha y alargada como un formidable ataúd, resultaría muy poco confortable, pero no esperaba tener que utilizarla. Si se diera el caso de una emboscada, el rápido, silencioso y camaleónico Nautilus era mucho Nautilus. Nemo, además, utilizaba esa cámara para guardar las pocas cosas que había conservado de su vida anterior, cuando aún no era un hombre de mar. No lo hacía por nostalgia, sino más bien para no olvidar de dónde venía ni quién era. Podía renunciar a casi todo, pero nunca a su identidad si quería mantenerse en su juicio, mentalmente sano. Esa falta de ruptura total con el pasado alimentaba además el odio que necesitaba para llevar a cabo, llegado el caso, su planeada venganza hacia los hombres que lo despojaron de cuanto había amado y lo arrojaron a la vida del mar. Estuvo largo rato observando los recuerdos, algunos siempre le hacían sonreír. Como por ejemplo su vieja pipa de brezo. Si algo le había gustado en su otro tiempo, fue fumar.

Cerró la puerta de la cámara secreta y la llave produjo, al girar, un sonido extraño. Aquel sonido le recordó al graznido de un cuervo. De nuevo recordó a Poe y recordó sobre todo el más terrible y bello de sus poemas, el que cuenta el viaje a la locura, por la visita espantosa de un cuervo, de un enamorado que ha perdido a su amada. «Mal augurio», se dijo, «muy malo...» Se asustó de sus propios pensamientos y se sorprendió: nunca había sido un agorero. ¿Qué significaba aquello?

Salió apesadumbrado de la biblioteca. La cámara secreta volvía a estar tan oculta y mimetizada entre estantes de libros como una gota de agua en medio del mar.

Capítulo veintidós
En el que se despeja la duda sobre Nadar y se acepta que Nadar/Ardan son uno y dos al mismo tiempo

Nadar los miraba con una mirada indefinible y difícilmente soportable, y Briant y Phan, que hubieran querido desintegrarse de ser eso posible, se replegaban en su esquina, se encogían sin mover un dedo y casi, casi sin respirar.

–Nn... No puede vernos... ¿verdad? –titubeó Phan.

–Ss... Somos... invisibles, ¿recuerdas?

Pero seguía observándolos con unos ojos firmes y enrojecidos por el humo del cigarro. El gesto era antipático, la mirada, tenebrosa. O eso pensaron ellos.

–Mejor nos vamos –dijo Phan muy bajo.

–Sí. Ya espiaremos en otro momento a Nadar.

Segundos después, atravesaban la librería que se encontraba entre el despacho del señor Hetzel y la calle, y que era propiedad del editor. Afuera, un aire húmedo los sacudió en la cara. Echaron a correr. Cruzaron alguna manzana de la calle de Jacob, doblaron una esquina, luego enfilaron por Saints Pères –lo ponía en una placa–, llegaron junto al Sena y se pararon a tomar aire. A esa hora los estibadores cargaban y descargaban barcos en el muelle, una imagen pintoresca que Briant no pudo disfrutar. Llovía sobre París y las gotas de agua arrancaban a la superficie del río circunferencias brillantes. A lo lejos descubrieron a Nadar, que los perseguía fatigado, resbalando en los adoquines mojados.

Briant y Phan estaban aterrados.

De nuevo a la carrera pasaron al otro lado del Sena por un puente –Puente del Carrusel, a Briant le gustó mucho el nombre–. Cruzaron una calle, bordearon un palacio inmenso sin pararse a contemplar su magnífica arquitectura afrancesada. Alguien que pasaba lo llamó Louvre. ¡Dios! No era así como Briant quería conocer París.

Y Nadar siempre detrás. Pero ¿corría realmente tras ellos?

–¡Esperad! –oyeron de pronto–. ¿Por qué huís de mí, si me buscabais?

Sin detenerse, aminoraron la marcha.

–¡Parad! ¡Parad ahora mismo! ¡Yo soy Nadar!

Entonces frenaron en seco y se volvieron hacia Nadar. Y entonces sucedió algo asombroso. Mientras Nadar se acercaba, su tamaño se reducía a la velocidad de su paso, hasta equipararse al tamaño de ellos, un fenómeno insólito que los chicos contemplaban por primera vez. Pero aunque se achicaba, Nadar en ningún caso era un hombre pequeño. Cuando lo tuvieron delante, Briant y Phan ya no sabían si a quien veían era Michel Ardan o Nadar.

–¡Seguidme! –dijo Nadar.

Se refugiaron bajo los soportales de la rue de Rivoli –así llamó a esa calle Nadar–, al resguardo de la lluvia, aunque ya daba igual: estaban empapados como sopas.

–Pero usted... ¿Cómo puede vernos y oírnos? Usted no es un personaje... Hablaba con Verne... Usted es real... –dijo Briant, poco o nada convencido de sus palabras.

Nadar se quitó el sombrero, una vieja chistera deformada, y lo sacudió. El agua de los bordes cayó al suelo como una cascada. Tiró el cigarro mojado y apagado que seguía teniendo en los labios y sacó otro, también enorme, del bolsillo interior de su gabán.

–Muchachos –dijo–, voy a explicarme, pero antes debo recobrar el aliento, me habéis dejado sin resuello. –Encendió el cigarro con lentitud y ceremonia, aspirando el olor del humo y disfrutando con ello.– Veamos: me llamo Gaspard-Félix Tournachon, pero todos me conocen por Nadar. Nadie se dirige a mí de otra forma. Es... Cómo lo diría... Mi seudónimo. Sí, efectivamente, hablaba con Verne, somos grandes amigos. Hace ya tiempo que nos presentó Hetzel, el editor, y congeniamos al instante. Compartimos aficiones científicas y a ambos nos entusiasma la idea de volar. No fue casual por lo tanto que me eligiera precisamente a mí para idear al personaje que viajaría a la Luna: «Tengo que crear el personaje de un hombre con el corazón más generoso y el coraje más atrevido; discúlpame, pero te he tomado de modelo», fueron sus propias palabras. Pero debéis saber que Michel Ardan no es una simple idea, no es un personaje imaginado a partir de un modelo. Cómo os lo explicaría... Michel Ardan es a mí lo que yo soy a Michel Ardan. ¿Lo entendéis? No puedo expresarlo mejor. Por eso no somos parecidos: somos idénticos. En la novela, conservo hasta el nombre. En anagrama, por supuesto, pero lo conservo. Como veis, puedo desdoblarme, soy y no soy un personaje. O soy las dos cosas a la vez. Pero vayamos al grano. Habéis organizado una rebelión, una gran insurrección con la que habéis arrastrado a muchos personajes. Todo el mundo de Verne está revuelto y nada permanece en su lugar. Michel Ardan os ha buscado en mi nombre. Ha recorrido todas las novelas, todos los escenarios, ha hablado con todo el mundo. ¿Dónde demonios os habíais metido? Perdió un tiempo precioso y llegamos a pensar por un momento que lo lamentaríamos. Pero estáis aquí, todavía tenéis tiempo de volver a la novela y restablecer la vida normal, Verne está demasiado ocupado con otros asuntos y aún no se ha enterado de nada.

Briant arrugó la cara. De nuevo mandándoles regresar a su novela; de nuevo tratándolos como a niños.

–¿Volver a la vida normal? –repitió Phan con desprecio–. ¡Y cómo, si la acción se ha detenido!

–Verne recuperará el manuscrito, lo terminará, no hay ninguna novela inacabada, tampoco la vuestra lo será.

Un buen final para la rebelión, ciertamente, solo que no era la primera vez que lo oían.

–¿Y nuestras preguntas? –dijo Briant.

–Amiguito, os di respuestas. ¿Lo habéis olvidado?

–No nos gustaron. Y a Auda tampoco le gustarán, estamos seguros de ello.

–¿Ah, no?

–¡Por supuesto que no! ¡No son respuestas completas!

–Claro que lo son, ¿qué más queréis?

–¡No deshacen el ovillo de cordel de Verne! ¡Dick Sand sí deshizo el ovillo de cordel! ¡Queremos deshacer el ovillo de cordel de Verne!

–¡Al diablo el ovillo de cordel! –protestó Nadar, fingiéndose enfadado.

–Usted habló de eso en los mensajes –dijo Phan–, ahora debe cumplir lo prometido.

–¡No fui yo quien ideó lo del ovillo! –saltó Nadar–. ¡Fue el doctor Samuel Fergusson! Él me dijo lo de vuestra rebelión, él fue quien me puso al corriente de todo. Y... y, ¿qué queríais que hiciera? Algo tenía que pensar para que nos encontráramos. Lo del ovillo de cordel me gustó, era un buen consejo, solo tuve que seguir lo que Fergusson había comenzado. Sois curiosos como ratones, nada extraño a vuestra edad, y en eso me basé cuando discurrí llenar las novelas de mensajes.

–Pero casi nos rechazó cuando lo encontramos en Florida.

–¡Os rechazó Michel Ardan! –dijo Nadar, cada vez más furioso.

–Pero Michel Ardan y usted...

–De acuerdo, de acuerdo. Os rechazó la parte de mí que corresponde a Michel Ardan. Y no lo censuréis, partía a la Luna y eso no podía esperar.

–Está bien –determinó Briant, resuelto–. Ya estamos aquí, ya nos hemos encontrado. Usted no va a partir. Queremos respuestas completas. No volveremos a nuestra novela sin ellas.

–Bueno..., hay que viajar... Y ya no es fácil, ha pasado mucho tiempo –dijo Nadar.

–El tiempo no existe para nosotros –dijo Phan.

–Y las dificultades tampoco –dijo Briant.

–Hay que viajar en el tiempo –repitió Nadar.

–Viajaremos –dijo Briant.

–Nada nos asusta –dijo Phan.

–No os confiéis. Viajar en el tiempo es recorrer el camino de entrada al infierno –dijo Nadar.

–El infierno es vivir sin respuestas –dijeron Briant y Phan.

Nadar hizo una pausa y los miró de arriba abajo.

–Vuestro cuerpo lleva soportando ya muchos viajes, esto dura más de lo que yo pensé al principio, reconozco que el asunto se me ha ido un poco de las manos. Porque supongo que sabéis que existe una dispersión de masa corporal cada vez que se realiza un viaje de estas características.

–¿Una qué...?

–Sí, una descomposición diminuta y progresiva del cuerpo, la transmigración celular no es completa, en cada viaje al pasado partículas de uno mismo se desprenden y quedan absorbidas o suspendidas en ese espacio abstracto y multidimensional que es el tiempo. Te desgastas, te desintegras poco a poco. ¿No sabíais eso? Yo estoy fuerte, puedo aguantar unos cuantos viajes, pero miraos vosotros...

Ahora Briant y Phan abrieron mucho los ojos.

–¿Qué quiere decir?

–¡Atiza! –exclamó Nadar–. ¡Es cierto que no lo sabíais! Bien, pues quiero decir, jovencitos ignorantes, que no se puede conseguir algo sin dar nada a cambio. Nunca, en ninguna circunstancia. Ah, poco conocéis la vida, muchachos, muy poco. Todo tiene un precio. Que vosotros encontréis vuestras respuestas lo tiene igualmente.

Entonces Briant y Phan entendieron muchas cosas: la fatiga enorme, la pérdida de peso, la fragilidad en la piel que hacía que todo les hiriese, la fiebre, la tos... Se tocaron los pómulos salidos, la frente arrugada, la cabeza..., los cabellos se les quedaban entre los dedos, pronto parecerían un par de ancianos. Y se sintieron débiles, vulnerables, indefensos, y sobre todo tremendamente asustados. Si se trataba del precio que costaban los viajes, era un precio bien alto.

Pero había algo más fuerte que el miedo y la derrota física: fe, fe, fe, fe...

–Nos arriesgamos. Nada nos importa más que la misión que nos apartó de la isla. Estamos preparados también para morir. No volveremos a nuestra novela sin verdaderas respuestas.

Nadar meneó la cabeza y durante un tiempo tuvo una expresión incierta.

–Sois testarudos como borricos, alocados como colibríes y estáis flacos como osos después del invierno. –Sonrió y les dio unas palmaditas en la cara.– Pero sois audaces, tenéis el valor de un toro. Andando, pues. Tengo que confesaros que estoy orgulloso de vosotros.

Ya no llovía y, de pronto, los rayos del sol rebotaban en las cristaleras del Louvre. «Hermoso palacio», pensó Briant, que lo observaba desde los soportales de la rue de Rivoli. «¿A quién pertenecerá?»

Pero tuvo que suspender de golpe la contemplación y echar a correr, porque hacía un buen rato que Nadar, seguido de Phan, había echado a andar.

Capítulo veintitrés

Por el que conocemos la perseverante, sacrificada y emocionante vida de Jules Verne

Comenzaron los viajes. Cada vez que saltaban lo hacían agarrados a la mano de Nadar, que podía viajar de novela en novela y de Nada en Nada sin importar que fuera real o que fuera personaje; sin afectarle que perteneciera a una época o a otra. Nada era imposible para ese hombre que, según supieron más tarde, protagonizó dos novelas de Verne y compartió con él numerosas aficiones y acontecimientos de su vida.

Nadar explicaba a los chicos muchas cosas, iba tirando del hilo de cordel. Ellos, todo ojos y oídos, conocieron y comprendieron a Verne.

Lo conocieron, por ejemplo, con treinta años, recién casado y en la húmeda buhardilla de París, malviviendo de tontorronas comedias musicales para el teatro, mientras se forjaba el futuro escritor de novelas de aventuras, el verdadero Jules Verne.

–A costa de un gran sacrificio –explicó Nadar/Ardan–, pues tiene que compaginar el trabajo de escritor con otro mucho más convencional y menos artístico.

–¿Cuál? –quiso saber Phan.

–Es agente de bolsa, y eso le absorbe la mayor parte del día.

–¿Por qué lo hace? ¿No cree en su talento? ¿No se atreve a apostarlo todo por su carrera de escritor? –preguntó Briant, obsesionado como estaba con el asunto de la fe.

–Durante años lo ha hecho con verdadero tesón, pero ahora no está solo. Está Honorine, su mujer... Y tienen que comer.

Supieron además que en su boda con Honorine no figuraba el amor. Verne no era un jovencito cuando la conoció, ya viuda y con dos hijas, y desde hacía tiempo necesitaba una mujer. Caroline, su primer gran amor, lo había rechazado, y lo mismo sucedió con la bella Herminie: ambas terminaron casándose con alguien de más edad y de mejor posición que el joven poeta sin futuro.

–Sabed, muchachos –explicó Nadar en tono confidencial–, que las heridas del corazón, si son profundas, tardan mucho en cicatrizar. Es posible que en el suyo aún queden señales.

Luego añadió que todo eso lo sabía por terceras personas. En París era costumbre extendida hablar de los demás en reuniones y tertulias de café.

–Porque lo que es Verne, jamás lo contaría. Ni siquiera a mí. Es excesivamente discreto.

Ambiciosa, mundana, simple y por encima de todo agradable y bondadosa, Honorine no lo hace feliz. ¿Tendrá eso algo que ver con la indiferencia con que Verne trata a las mujeres en sus obras?

Nuevos viajes en las novelas y en el tiempo. Verne ha conseguido terminar su gran obra, su novela de la ciencia. La titula *Cinco semanas en globo*. Le ha supuesto un esfuerzo titánico y su salud se ha resentido. Pero no se arrepiente. El producto final merece la pena. Lo tiene decidido: no volverá a escribir vodeviles y operetas vulgares, a partir de ahora se dedicará en cuerpo y alma a la escritura científica y geográfica. Sin embargo, no encuentra una editorial que lo publique a pesar de haber recorrido París de cabo a cabo. Honorine, impaciente, no lo anima demasiado.

Una mañana de otoño, Verne sale de casa temprano. Lleva el manuscrito «del globo» bajo el brazo. Se dirige al número 18 de la rue de Jacob, donde, según le han dicho, vive un progresista y revolucionario editor, el señor Hetzel. Va a presentarle el manuscrito. Es su última oportunidad. Verne tiene treinta y cuatro años, lleva diez intentando abrirse camino en el mundo literario y cinco como agente de bolsa, trabajo que aborrece. Tiene una familia que mantener. Si tampoco esta vez consigue nada, no cree poder seguir alimentando su sueño. Tímidamente llama a la puerta. Le abren y le hacen pasar al dormitorio del editor, donde este aún permanece acostado, pues es un gran trasnochador. Verne le deja el manuscrito encima de la cama y, tras una breve conversación, sale sin grandes esperanzas del número 18 de la rue de Jacob.

–¡Pero lo consigue! ¡El señor Hetzel se convierte en su editor! –exclamó Briant, que estaba sufriendo de verdad por la suerte de Verne.

–Así es –respondió Nadar–. Desde el principio cree en él y os puedo asegurar que, al margen de la relación comercial, se han hecho grandes amigos.

Tras el éxito inmediato y clamoroso de *Cinco semanas en globo,* Verne firma un leonino contrato con el editor. El contrato le obliga a entregar tres novelas al año durante los veinte años próximos, todas ellas de estilo similar. Formarán una colección, *Los viajes extraordinarios,* y asegurán a su autor el bienestar económico.

–Y la fama –añadió Nadar–, que no es de despreciar. Pero mucho más, infinitamente más que el propio Verne, gana el editor.

–¿Qué está escribiendo ahora? –preguntó Briant.

–*Viaje al centro de la Tierra.* El sabio profesor Lidenbrok y su sobrino, penetrando por el cráter de un volcán, intentarán alcanzar el centro mismo de nuestro planeta.

–¡Lidenbrok! ¡El sobrino! ¡Los conocemos! Fue el sabio profesor quien nos tradujo el mensaje escrito en símbolos rúnicos. ¿Lo consiguen? ¿Consiguen llegar al centro de la Tierra?

Nadar arqueó las rodillas, poniéndose a la altura de los chicos.

–Desde aquí, desde donde estamos ahora, lo que queréis saber es el futuro. Amigos, nadie puede conocer eso.

Y rio la evasiva respuesta a la vez que escupía una brizna de su cigarro.

Comienzan para Verne los cambios de domicilio que su mujer, Honorine, propicia, siempre en busca de una vivienda mejor que colme su insaciable ambición y que a la vez aporte a Verne la paz necesaria para su oficio de escritor.

La paz. Algo difícil de conseguir con un hijo enfermizo, llorón y terriblemente cruel y caprichoso, ya desde su primera infancia, o así al menos lo ve Verne, que acaba de entrar como un huracán en el salón, donde Honorine pelea con el pequeño Michel, de tres o cuatro años.

–¿Se puede saber qué le pasa al niño para que chille así?

–Quiere el reloj que está encima de la repisa de la chimenea –contesta Honorine sofocada, señalando una antigua pieza, seguramente de bastante valor.

–¡Pues dáselo de una vez! –clama Verne, saliendo del salón y dando un portazo.

Nadar, espectador junto a los chicos, simplemente se encogió de hombros y se abstuvo de hacer comentarios.

Nuevos saltos, y nuevas Nadas.

Corre el año 1866. Están en Le Crotoy, una pequeña aldea de pescadores en la desembocadura del río Somme. Verne tiene treinta y ocho años y se ha trasladado allí con su familia, siempre en busca de paz. No obstante, mantiene su piso en París, adonde acude regularmente a reunirse con su editor y con sus viejos amigos, entre ellos Nadar. *Los viajes extraordinarios* prosiguen su andadura, cada novela es un nuevo éxito. *De la Tierra a la Luna,* por ejemplo, ha colmado las expectativas del lector más exigente. La vida le sonríe. Ya puede empezar a permitirse ciertos caprichos. El último: un pequeño velero. Piensa salir con frecuencia a navegar.

–¿Os he dicho ya que navegar es su gran pasión? –dijo Nadar, observando el velero amarrado en el puerto–. Y el mar, aquello que da sentido a su vida. Por eso tantos personajes de sus novelas navegan.

Y mientras navega, escribe sin parar en un reducido camarote del barco, su compromiso con el editor así lo exige. Es esclavo de un papel firmado llamado contrato y, sin embargo, ha atrapado su sueño con la mano, debe sentirse feliz.

Incluso Michel ha dejado de ser un problema. A sus cinco años lo han internado en un prestigioso colegio y, al menos, durante el curso escolar, Verne tiene por fin paz.

–Y ahora, ¿qué escribe? –preguntó esta vez Phan.

–*Los hijos del capitán Grant* –respondió Nadar–. Lord Glenarvan, un rico y bondadoso noble escocés, se ha hecho a la mar a bordo de su fabuloso yate. Busca a un hombre que naufragó hace un tiempo, el capitán Grant, y lo busca por los mares de medio mundo. Los hijos de ese hombre lo acompañan. Lord Glenarvan tiene una gran fe en su proyecto, está seguro de encon...

–¿Y lo encuentra? –interrumpió Briant–. ¿Encuentra finalmente al capitán Grant y le entrega a sus hijos?

Pero Nadar no parecía dispuesto a dar una sola respuesta concreta.

–Lleva más tiempo imaginar constantemente un final que leerlo. Amigos, cualquier cosa que queráis saber está en los libros.

1871. Nuevo cambio de residencia de los Verne, esta vez a Amiens, una tranquila ciudad de provincias, la ciudad de Honorine. Han dejado definitivamente el piso de París, pero conservan la casa campestre de Le Crotoy para los veranos. Verne tiene cuarenta y tres años y es un escritor consagrado. *Veinte mil leguas de viaje submarino* ha fascinado a un público fiel y entregado, en especial al juvenil, a quien el capitán Nemo entusiasma con sus aventuras excepcionales y con su carácter excéntrico y solitario. Ahora está escribiendo *La vuelta al mundo en ochenta días* y le ha prometido al señor Hetzel que será algo especial. Trabaja como un mulo, le dice por carta desde Amiens, y ha puesto mucha ilusión en el proyecto. Mientras la novela avanza, Verne señala en el mapamundi que tiene en la pared el recorrido contrarreloj de Phileas Fogg alrededor del mundo, clavando banderitas de papel en los diversos lugares por los que pasa.

–¡Ah, Mr. Fogg! –exclamó Briant–. ¡El protector de Auda! ¡Qué hombre más impasible! ¿Cómo puede estar con ella y no enamorarse locamente?

–Amigos, debo deciros, por si responde a alguna de vuestras preguntas, que Verne no sabe escribir sobre el amor. La mayoría de las escasas escenas románticas que aparecen en las novelas han salido de la pluma y de la cabeza del señor Hetzel.

–¿A lo mejor porque Verne no ha conocido el verdadero amor?

–Hum, pudiera ser.

–Al menos, díganos una cosa: si Auda regresa a su novela, ¿Mr. Fogg la pedirá en matrimonio? –preguntó Briant, convencido de que Nadar tampoco esta vez le contestaría.

Pero se equivocó.

–¿De verdad quieres saberlo? –dijo Nadar.

–¡Pues claro! Prometí cuidarla, hacerme cargo de ella, y le he tomado afecto. Deseo que tenga la suerte que se merece.

–¿Y cuál es la suerte que se merece?

–Merece que encuentre su respuesta, que vuelva a su historia y que se case con Phileas Fogg, como es su deseo. Así que, dígame: ¿la pide en matrimonio Mr. Fogg?

–Muchacho, la respuesta es no.

–¿En serio?

–Así es, decídselo para que lo sepa. Quizás cambie su manera de actuar y deje de ser tan pasiva. Quizás decida luchar.

Capítulo veinticuatro
En el que se sigue contando la vida de Jules Verne

Año 1872.

Edad: cuarenta y cuatro años.

Lugar de residencia: Amiens.

Por esta época, la colección *Los viajes extraordinarios* recibe un importante premio de la Academia Francesa de la Lengua. Es un honor y una distinción de agradecer, pero Verne no está satisfecho, quiere más: quiere ser elegido miembro de la Academia, tal vez así los autores y críticos de prestigio lo tomen en serio y al referirse a él lo hagan como a algo más que un novelista juvenil...

–Un escritor no se contenta con ser leído –aclaró Nadar, siempre al tanto de cuestiones filosóficas–, aspira además a ser reconocido como bueno. Verne tiene algún amigo dentro de la Academia que puede echarle una mano. Acaso más adelante consiga pertenecer a ella. Esperará.

–¿Y su hijo? ¿Dónde está? No lo hemos visto aún en Amiens.

–¡Oh, su hijo! Mejor no hablar.

–¿A qué se refiere?

Nadar miró en todas direcciones, más por hábito que por necesidad, y bajó el tono de voz creando un aire de confidencia.

–Bebe. Y roba. Y no ha cumplido aún los trece... Verne no sabe qué hacer con él, le ha dado problemas desde siempre. No lo veis en Amiens porque no está en Amiens. Continúa interno en un colegio. En realidad puede decirse que *vive* interno. Cambia de colegio con frecuencia pero en ninguno se adapta, ningún centro lo llega a enderezar. En cuanto regresa a casa comienzan de nuevo los problemas. Verne lo ha probado todo. No hace mucho lo recluyó unas semanas en una casa de reposo.

–Es decir... –puntualizó Phan–, en un manicomio.

–Bueno, sí, llamadlo como queráis –se limitó a decir Nadar.

En 1875 Verne tiene cuarenta y siete años. Ha engordado, el pelo le blanquea poco a poco, sus continuos ataques de parálisis facial le deforman la cara, el láudano no siempre alivia sus dolores de estómago y siente el rechazo de la Academia Francesa y de la crítica literaria entendida, que siguen tratándolo como a un novelista menor. ¿Por qué no lo eligen para ocupar uno de los sillones vacantes?, se pregunta con frecuencia. ¿Acaso no es un buen escritor?

–Posiblemente no lo sea en la medida necesaria para entrar en la Academia –dijo Nadar–, aunque yo no opino así, para mí es el mejor en su género. Pero es cierto que el señor Hetzel tiene que retocarle los manuscritos añadiendo unas cosas y quitando otras. Le he oído comentar que hay originales de Verne que no podría llegar a editar si antes no pasaran por sus manos. Abusa de los sustantivos, ha olvidado los recursos literarios que tan bien empleaba en su época de poeta, se extiende demasiado en minuciosas descripciones científicas y, como ya os dije, no sabe escribir sobre el amor. Por lo demás –concluyó–, es genial, sencillamente genial.

–Lo que yo creo –dijo Briant, compadecido– es que trabaja demasiado. Miradlo, siempre encorvado sobre su mesa, escribiendo dos y tres novelas a la vez. ¡Pero si no sale de su cuarto ni para dormir!

Briant tiene razón. Verne ha hecho de su habitación su guarida, su agujero, su lobera, y hasta el carácter se le transforma, acercándose cada vez más al de las fieras.

–¿Qué escribe ahora? –Era ya la pregunta obligada de Briant y Phan.

–*El correo del zar.* Su protagonista, Miguel Strogoff, atraviesa la fría estepa rusa para llevar un mensaje del zar, que está en Moscú, a su hermano, el gobernador de Irkutsk.

–¡Ah, pobre hombre! Lo conocimos. El enemigo le había quemado los ojos, iba ciego, guiado por esa chica que tendría más o menos nuestra edad. ¿Consigue cumplir la misión? Díganoslo, por favor, no nos deje con la intriga.

–Tiene las mismas probabilidades de conseguir el triunfo –dijo Nadar, guiñando un ojo– que vosotros en vuestra misión. Dadme la mano, hijos; nuevo salto.

Es verano, un verano suave y húmedo en Nantes, la importante y rica capital bretona en la que muere el Loira, cuna de Jules Verne, su vieja y amada ciudad. Los Verne se alojan en la gran casa de campo familiar, junto a la madre viuda del escritor, que, fuerte y vigorosa aún, lo cuida de sus muchos males (la mayoría sin importancia), y con la que el abatido Verne se consuela de los disgustos que le da un hijo adolescente que ya roza la delincuencia.

Briant y Phan se miraron.

–¡Nantes!

–¡La Nada de Dick Sand!

–Acertasteis –dijo Nadar–. Aquí acaba de terminar de escribir la primera parte de *Un capitán de quince años.*

Michel está también en Nantes. Ha pasado unos meses en Mettray, la colonia penitenciaria agrícola para jóvenes, como le gusta llamarla a Verne. Tras las vacaciones de verano volverá allí. El matrimonio discute amargamente sobre el futuro inmediato de su hijo.

Porque si Verne habla de «colonia agrícola para jóvenes», Honorine, dejando de lado el eufemismo, habla de *prisión.*

Michel, desde la habitación de al lado, oye la discusión y, tumbado en la cama sin hacer nada, no se rebela, no llora, aparentemente no siente ni padece, pero bajo la máscara de indiferencia que lo protege, es fácil adivinar que se oculta la más grande de las amarguras.

–Cree que cumple con su deber, así de sencillo. –Nadar se refería a Verne.– No lo juzguéis mal, solo es un pobre padre desesperado.

–¡Es verdad que Michel es clavadito a Dick Sand! –dijo Phan.

–En el aspecto físico sí, porque lo que es en el carácter, no pueden estar más alejados uno de otro. Y bien que lo lamenta Verne –dijo Nadar.

A partir de entonces los Verne pasan largas temporadas en Nantes para seguir más de cerca la educación de su hijo en Mettray.

–¿Qué más da una ciudad que otra si Michel no está con ellos? –quiso saber Briant.

–Inteligente pregunta, hijo –decidió Nadar, contento–. Supongo que, como Nantes está menos alejada que Amiens de Mettray, Verne siente que están más cerca de su hijo.

–Ah –dijo Briant, no muy convencido.

–Pero eso es la excusa. Hay otro asunto que lleva a Verne con frecuencia a Nantes –prosiguió Nadar a la vez que viajaban y se trasladaban–: un jovencito del que nuestro escritor se ha encariñado más de lo normal. Vedlo, ahí lo tenéis, navegando junto a Verne. Se llama Aristide Briand y es un año menor que Michel.

En efecto. En esos momentos, Verne anima al joven Aristide a coger el timón y le enseña cómo debe utilizarlo. Los cabellos oscuros de Aristide se mueven con el viento y acarician el rostro del escritor que, situado tras él, le ayuda a manejar la gran rueda envolviéndole con sus brazos. La cara de Aristide es puro gozo y Verne sonríe lleno de complacencia.

–Soy... yo... –susurró Briant, y enseguida repitió–: Soy yo... ¡No! ¡No quiero que me quiera más que a su hijo! Ningún padre debe hacer eso...

A partir de ahora Verne sale con mayor frecuencia a navegar. Aquel pequeño velero que compró con gran sacrificio ya no existe y ocupa su lugar un magnífico yate a vapor de treinta y ocho toneladas que es la envidia de cualquier aficionado a la navegación. Ha sido un verdadero despilfarro, pero, qué importa, se lo puede permitir. Le han asegurado que a toda máquina y con las velas desplegadas alcanza los diez nudos y medio. Casi da vértigo decirlo. Piensa dedicarse en serio a viajar: Escandinavia, Gran Bretaña, España, Italia, Grecia, África... Se acabaron las breves excursiones por el Canal de la Mancha.

Un día los Verne reciben una carta. Viene de Mettray y no es ni mucho menos la primera que les llega. La remite el propio director, una persona buena y compasiva, preocupada por el bienestar de sus jóvenes reclusos. Este hombre cree que Michel debe abandonar la colonia. La represión y la disciplina del lugar no han conseguido aplacar su carácter rebelde, y cada vez más a menudo sufre violentos arrebatos de furia. El director opina que pueden ser ataques de locura. Michel necesita atenciones, dedicación, les dice en la carta, Michel necesita amor.

–¿Amor? –clama Verne con la misiva en la mano–. ¿Es que nadie va a darse cuenta de que todo lo que hago con mi hijo es por amor?

Y toma entonces otra de sus brutales decisiones: lo enviará a navegar. Enrolará a Michel como pilotín en un barco. La dura vida del mar domesticará su carácter. Para ello, Verne elige un buque de tamaño e importancia considerables: *L'Assomption,* que en su ruta llega hasta Calcuta.

Ha llegado el día señalado. Michel abandona para siempre el correccional de Mettray. Viaja en ferrocarril hasta Burdeos, que es el puerto de donde zarpará el colosal barco que a partir de ahora será su casa. Su padre también está allí, se ha desplazado desde Nantes para despedirlo, pues serán muchos meses de nuevo alejados el uno del otro. Ha pedido a Paul, su único hermano varón y su mejor apoyo en los malos momentos, que lo acompañe a pasar ese duro trago. Pero aunque el ferrocarril lleva parado un buen rato en la estación de Burdeos, no ven bajar a Michel y la hora de salida del barco se acerca. ¿Se habrá escondido o... fugado?

Por fin aparece. Viene escoltado por dos gendarmes uniformados y armados por deseo de su padre, que no se fía de él. Nadie le echaría los dieciséis años que tiene, sino muchos más. Callado y serio entre los dos guardias, más que un chaval parece un peligroso forajido al que finalmente la justicia ha dado caza.

–¿Y mamá? –pregunta tras besar fríamente las mejillas de Verne y de tío Paul.

–No ha podido venir –se disculpa Verne–. Ya sabes que su salud es delicada.

Pero eso no es cierto. Él se lo ha impedido para evitar seguramente lágrimas y ablandamientos de última hora.

–Se acabó estar preso, hijo –le dice para animarlo–, ahora eres un marinero, parte de la tripulación. Te vendrá muy bien. Tendrás tiempo para reflexionar. La vida del mar instruye y adiestra. Hará de ti un hombre de provecho.

Michel sube la escalera que lo conduce a bordo. Es alta y sombría, como un enorme ciprés. En la maleta lleva una colección completa de *Los viajes extraordinarios*, en edición de bolsillo para que no ocupen demasiado, también por deseo de Verne. Los leerá, ¿por qué no? Tendrá tiempo de sobra para ello y ya es hora de que los conozca, a lo mejor le gustan.

A Verne le tiembla la mano cuando la levanta para decirle adiós y el barco arranca con un penetrante bramido de sirenas. ¿Dejará por fin de robar, de engañar, de emborracharse? ¿Volverá convertido en un hombre decente, digno de su recto, trabajador y religioso padre?

–Dios lo quiera –susurra tío Paul a su hermano.

Verne mueve la cabeza, preocupado.

Nantes, Amiens. Amiens, Nantes. Y sobre todo, el mar. Como para olvidar sus problemas, para alejarse a temporadas de la presión posesiva de Honorine y desde luego para aprovechar al máximo el estupendo yate que le ha costado un ojo de la cara, en los meses siguientes Verne se dedica con desenfreno a navegar. Tío Paul lo acompaña con frecuencia, y también los hijos de este, en especial Gaston, el primogénito, que es un año mayor que Michel.

Mientras tanto, van llegando con dolorosa frecuencia desgarradoras cartas de Michel. Ahora, tras once meses navegando y alejado de la familia, ya no puede más. Odia el mar y no cree que la vida marinera consiga aportarle nada bueno. Reprocha a su padre la decisión de embarcarlo y le asegura que *ya* es un hombre, algo que desde luego no ha logrado tirando de una jarcia, fregando la cubierta, o recibiendo órdenes y reprimendas de los que en el barco tienen un rango superior al suyo (o sea, todos). Se lamenta de que aún deberá aguantar esa vida horrible unos meses más, hasta que el navío regrese a Francia. Honorine, al leer las palabras de su hijo, vierte copiosas lágrimas.

Un día de tantos, reciben una nueva carta. Esta vez la firma el capitán del *L'Assomption.* Michel ha golpeado en varias ocasiones a sus superiores, poseído por sus habituales ataques de furia. La última pelea ha sido nada menos que con el contramaestre, el segundo de a bordo en la escala de oficiales. El capitán se siente impotente, no sabe qué hacer con él. Verne se lleva las manos a la cabeza, grita e implora mirando al cielo:

–¡¿Qué he hecho mal con este hijo para merecer este castigo?!

Pero tendrán que pasar unos meses más (dieciocho en total) para que *L'Assomption* y Michel regresen a Francia. Tenía dieciséis años cuando embarcó y hoy tiene dieciocho. Ha leído las novelas de su padre e insiste en que ha reflexionado y madurado. ¿Habrá llegado la hora de dejar los internados, manicomios y correccionales y volver a la estabilidad del hogar?, piensa esperanzado Verne. Probará. Lo matricula en un liceo normal de Amiens para que termine el bachillerato que tan abandonado ha tenido y ruega a Dios que tenga suerte.

Pero tampoco esta vez sale bien. Michel no estudia, roba, amenaza a los maestros, se relaciona con la peor gente... En definitiva: ha vuelto a las andadas. Verne cree que su hijo es un enfermo, un loco grave, y tiene tentaciones de echarlo de casa y no volver a ocuparse de él, así se lo dice por carta al señor Hetzel, con quien siempre se desahoga y a quien pide consejo constantemente. Está desbordado, no se concentra, le cuesta escribir. Frustración, fracaso y decepción, eso es lo que Verne siente ante el problema.

Y sigue navegando, navega más que nunca, los años siguientes los pasa entre Amiens y el mar. Tío Paul lo acompaña siempre, y muy a menudo también Gaston, que se ha convertido en el sobrino predilecto. A veces Michel también quiere ir, y Verne no se lo niega. Y entretanto, escribe sin descanso. Aumenta su producción de novelas y aumenta su éxito como escritor. Suben las ventas. Sus obras se traducen a tantos idiomas que casi ha perdido la cuenta. Todas tienen una elegante edición ilustrada que se ha convertido en el regalo más solicitado para el día de Año Nuevo. Las adaptaciones al teatro de *La vuelta al mundo en ochenta días* y de *Miguel Strogoff* están haciendo de su autor un hombre inmensamente rico, prueba de ello es la extraordinaria mansión que ha adquirido en el número 2 de la rue Charles Dubois. Su fama da la vuelta al mundo y no pasa un día sin que la prensa nacional o extranjera hable de él. Es reconocido, aclamado y agasajado en todos los lugares que visita. ¿Puede aspirar a algo más un hombre que siempre quiso ser escritor?

Desde luego. A sus cincuenta y siete años aún no ha conseguido que lo propongan para entrar en la Academia Francesa de la Lengua.

A cada nuevo salto, el aspecto de Briant y Phan se volvía más alarmante. Flacos, encorvados, apenas eran un recuerdo de aquellos muchachos fuertes y guapos que eran al salir de la isla. Y sin embargo, no podían ni soñar con abandonar. Tenían que seguir viajando, aún no habían deshecho totalmente el ovillo de cordel.

–Ya queda poco –los animaba Nadar.

Phan se llevó la mano a la cara. La herida estaba infectada y no cicatrizaba bien. Briant cojeaba, los dos tenían fiebre. De seguir así, no resistirían mucho más tiempo.

Dieron un nuevo salto.

Nueve de marzo por la tarde. Amiens. Año 1886. Verne ha cumplido cincuenta y ocho años...

Capítulo veinticinco
El atentado

Son las cinco de la tarde. Verne abandona el Círculo de la Unión, donde ha charlado con otros tertulianos y ha leído las últimas publicaciones científicas. En los meses fríos suele regresar a casa en un coche de alquiler. Pero hoy necesitaba caminar. Y necesitaba caminar solo. Debe poner en orden sus ideas y, si puede, suavizar esa tristeza que le embarga.

Malos vientos soplan para él y no recuerda haber vivido otra etapa más adversa y complicada. Todo se ha juntado. Los problemas se han enlazado unos con otros hasta formar la cadena que ahora lo aprisiona: la creciente rebeldía de Michel, ya independizado a sus veinticuatro años (gracias a la renta de Verne), y del que solo tiene noticias cuando ha de deshacer y reparar con dinero sus muchas infamias, los viejos problemas de salud que han aumentado con el paso del tiempo, la indiferencia que hacia él siguen mostrando los académicos y, como colofón, un matrimonio infeliz.

Mientras camina hacia su casa, Verne tiene pensamientos sombríos. Ha conseguido grandes triunfos como escritor, pero en su vida privada solo conoce el fracaso.

Fracaso como padre y como esposo.

Ni siquiera ha sabido cuidarse. Ha comido y trabajado en exceso y, como castigo, la diabetes y el reuma lo martirizan.

Verne divisa su casa a lo lejos, el número 2 de la rue Charles Dubois. Es impresionante. Una gran mansión, como corresponde a un gran escritor, a un gran hombre. ¿Gran hombre? ¡Tonterías! Podrá engañar a sus cientos de miles de lectores, a la gente sencilla de Amiens, incluso a sus amigos y familiares, pero no puede engañarse a sí mismo.

Se va acercando a paso moderado, sus años no le permiten correr. Cuando llegue, acariciará a su perro y contemplará un rato el jardín. El jardinero le ha dicho por la mañana que los alhelíes han florecido ya. Luego entrará en la casa y se sentará en su butaca preferida a leer la prensa hasta que Honorine lo avise para cenar. Durante la cena conversarán civilizadamente como un matrimonio normal. Aunque también cabe la posibilidad de que él, esquivo e insociable por regla general, se parapete tras ese silencio hosco que cada vez con más frecuencia lo acompaña...

Verne esboza una amarga sonrisa mientras saca la llave del bolsillo del abrigo. La mano le tiembla cansada de tanto escribir, muy trabajada. De pronto oye la fuerte detonación de un disparo a su espalda y se gira, veloz y alarmado.

–¡Pero...!

Imposible creer lo que ve, no puede ser cierto: una bala acaba de pasarle silbando y ha hecho una marca en la piedra que hay junto a la puerta de su casa. A escasos metros de él, un joven que empuña un arma de fuego le apunta proyectando no se sabe qué inquietudes por los ojos. El arma: una pistola de nueve milímetros; el joven: un muchacho de rostro muy, muy familiar.

–¡Gaston! –grita Verne, aturdido por la sorpresa y el pánico.

Gaston se acerca y aprieta de nuevo el gatillo. No ha acertado con el primer disparo, pero espera lograrlo con el segundo. Verne reacciona con grandes reflejos y se abalanza sobre su sobrino tratando de que el tiro no lo alcance. No lo consigue, aunque la bala se desvía por el empujón.

¿Está herido? Es casi seguro, pues Verne ha notado un calambre y un calor muy fuerte en uno de los tobillos. Ahora tiene a Gaston aprisionado. A pesar de su edad puede reducirlo, siempre ha sido un hombre fuerte. La herida no duele aún, es demasiado reciente. Tío y sobrino se miran un instante, sin hablar. Para qué. No sabrían por dónde empezar, hay demasiadas preguntas en el aire.

Y de pronto, la vista se le nubla. Un dolor intenso y prolongado le sube desde el pie y le invade el cuerpo por completo. Las fuerzas lo abandonan, cada segundo es horrible. Suerte que en su casa han oído los disparos y vecinos y criados lo socorren mientras numerosos peatones que pasaban por la calle hacen corro alrededor del agresor y la víctima. Honorine aparece corriendo y gritando, y con la ayuda de un criado conduce al herido al interior de la casa. La sangre ha formado un charco rojo en el suelo, parecen amapolas reventadas, un ramo desparramado en la acera que alguien ha perdido o tirado.

A las pocas horas del atentado, el diagnóstico médico no puede ser peor: la bala ha quedado alojada en el principio de la tibia, muy cerca de la articulación del tobillo, y es imprescindible una operación para extraerla, así lo ha determinado un especialista venido desde París, una eminencia en su campo.

–Hay que llevarlo al hospital inmediatamente –dice el médico.

Honorine llora y asiente.

Pero, por más empeño que ponen, no es posible llegar a la bala y los médicos manipulan en el hueso y en la carne de Verne sin éxito.

Qué suplicio. Por todo el hospital retumban los gritos del herido pidiendo más morfina que lo atonte, más coñac que lo adormezca, y Honorine, al oírlo, se estremece. A su lado, Michel le toma la mano y la consuela. Ha acudido en cuanto se ha enterado, se siente muy afectado. ¿Comenzará este joven de veinticuatro años, casado a su edad ya en dos ocasiones y padre él también, a comportarse por vez primera como un buen hijo?

De momento, esperando noticias en el hospital, rodea con los brazos a su madre, y la nota vulnerable, frágil, más anciana y poca cosa que nunca.

Por qué. Por qué. Por qué... Esa es la pregunta que Verne y todos se hacen. ¿Por qué Gaston, su sobrino preferido, le ha disparado a bocajarro?

–¿Por qué? –preguntaron Briant y Phan a Nadar sin poder comprenderlo.

–Uf, corren infinidad de versiones. Una: Gaston necesitaba dinero, fue a pedírselo a su tío y él se lo negó. Dos:

Gaston, que amaba o ama a su tío sobre todas las cosas, ha querido atraer la atención pública hacia él para que entre de una vez en la Academia. Tres: Gaston estaba celoso de Aristide Briand.

–¡No! –exclamó Briant, horrorizado.

–Pero nadie sabe cuál es la explicación verdadera. Acaso no sea ninguna de las tres. Verne, con su habitual discreción, no ha abierto la boca. Y Gaston, por lo que parece, se llevará sus razones a la tumba.

Verne debe asumirlo: los dolores serán insufribles y además quedará cojo para siempre. Y aunque nunca fue lo que se dice un atleta, a partir de ahora su vida dará un giro de ciento ochenta grados: se terminaron las reuniones en el Círculo y los paseos por los bulevares de Amiens. Se terminó la Biblioteca Pública, donde tan cotidiana se hizo su presencia. Se acabaron las visitas a París. El tiempo discurre lentamente por la morada de Verne, por el ánimo de Verne, dejando a su paso angustia, cansancio, depresión.

Y por supuesto, se terminó el navegar. Por medio de un intermediario, Verne trata de vender el fabuloso yate a vapor que tantas satisfacciones le ha dado y que fondea, ahora abandonado, en el puerto de Le Crotoy. Nunca más volverá a viajar, eso es un hecho. Pero no hay compradores que puedan pagar lo que vale.

–¡Pues malvéndalo, regálelo! –es la respuesta de Verne al intermediario–, y hágalo cuanto antes.

El yate se adjudica por la mitad de lo que en su día costó, efectivamente una mala venta, un regalo. A partir de ahora, Verne se conformará con recorrer los lugares en el mapa.

Y una nueva desgracia viene a sumarse a todas las anteriores: muere el señor Hetzel, el editor, el hombre que convirtió a un escritor de vodeviles sin futuro en el novelista leído y afamado, el creador del gran Jules Verne. Verne, postrado en la cama con un arnés que le inmoviliza la pierna, sufre en silencio la pérdida de ese amigo querido al que a menudo ha llamado «su padre», y envía a Michel a París para que lo represente en los funerales.

Briant y Phan, cada vez más compasivos con Verne, rezaron y lloraron con él.

–Qué época más dura le está tocando, aunque ¿no se lleva mejor con su hijo últimamente? –preguntó uno cualquiera de los dos.

–*Resre* que *Erne ufrió* el atentado –Nadar hablaba con el enorme cigarro en la boca–, yo *riría* que sí.

Pasa el tiempo. Verne no sale nada de casa y muy poco de su habitación. La herida está infectada y no termina de cerrarse, algo normal por otra parte en un hombre diabético. Los dolores no remiten. ¿Cuántos sedantes más le tendrán que administrar? Convertido en un anciano prematuro, solo vive de recuerdos. Ya no se queja, apenas habla. Se ha vuelto introvertido y más huraño, si cabe. Pasa con gran torpeza de la cama al sillón y del sillón a la cama. De vez en cuando se asoma a la ventana. Las caléndulas del jardín, idénticas a las que adornaban la casa de campo de Nantes, no lo alegran apenas con su floración abundante, pero al contemplarlas se siente invadido por su efecto evocador. Ah, Nantes, el mar. Entonces tenía proyectos, un yate, amigos a docenas, juventud, salud, ilusión. Su pensamiento recorre aquellos años tan completos y se pregunta si, a pesar de tenerlo todo, supo ser feliz.

A menudo recuerda sus viajes a bordo del yate y a la gente que siempre estaba dispuesta a embarcar con él: su hermano Paul, que vive en Blois y del que ahora se encuentra algo distanciado por los sucesos recientes y por la lejanía... Gaston, su antaño querido sobrino, el cual, declarado por jueces y médicos irresponsable absoluto de sus actos, ha sido encerrado en un sanatorio-prisión, quién sabe si para el resto de sus días... El señor Hetzel, el primero en leer y comentar cada página que Verne escribía a bordo... Aristide Briand, puro, alegre y lleno de inquietudes, un soplo de brisa fresca, un jovencito encantador... Hace tiempo que no se ven, que no se escriben. ¿Qué será de él?

Y, como un homenaje a los días pasados, decide incluir al muchacho en la novela que últimamente le ronda por la cabeza, una historia de robinsones (otra más), y lo hará otorgándole el papel principal, el de protagonista.

Una mañana comienza el manuscrito. De madrugada, como siempre. Es un hábito que contrajo en París, en los días que tenía que compaginar un empleo absurdo en Bolsa con su verdadera vocación de escritor.

No titubea frente a la cuartilla en blanco, sabe lo que quiere escribir, lo tiene todo dispuesto, como siempre. El título que ha decidido no le parece el mejor, pero sí adecuado: «*Dos años de vacaciones*», sobre eso no meditará más. Afila sus lápices, coge una cuartilla, comienza a escribir...

En la noche del nueve de marzo, las nubes, que se confundían con el mar, limitaban a unas cuantas brazas el espacio que podía abarcarse con la vista.

Un quejido se le escapa. Ha vuelto a utilizar la mesa y la silla acostumbradas y, de pronto, la herida le duele a rabiar.

No obstante, no abandonará la escritura. Debe producir novelas si quiere seguir cumpliendo su contrato con el editor, que ahora se llama Jules y es el hijo del señor Hetzel. Sigue con la nueva obra semanas enteras y escribe a prodigiosa velocidad. Ha definido los personajes, los quince muchachos, y ha creado una hermosa isla para ellos. Conviven en el grupo buenos y malos, jefes y subordinados, amigos y enemigos, y la acción transcurre a ritmo normal. No falta el criado fiel, ni el personaje de inteligencia notable, ni el conspirador nato, ni el filántropo, ni incluso la mascota, todo tal y como es habitual en sus libros. Aún no ha aparecido una sola mujer en la historia, no tiene pues que tomarse la molestia de inventar una personalidad femenina o crear una historia de amor, algo que siempre lo ha aburrido y fastidiado. ¿Qué sucede, entonces? ¿De dónde proviene esa desgana cuando se pone al trabajo? ¿Por qué no se concentra en la novela y olvida sus problemas? Es más: ¿por qué se siente tan mal cada vez que reanuda el manuscrito? ¿Será porque intuye que, a pesar de todo, no está haciendo un producto de calidad, una obra digna de Jules Verne? ¿O hay un motivo de mayor importancia?

Ensimismado en estos pensamientos, levanta la vista del papel. Del salón le llegan voces. Michel atiende a la prensa y a los curiosos que día tras día, y a todas horas, acuden a su casa a interesarse por la salud del escritor, y lo hace de maravilla, como un digno representante de Verne.

Michel... ¿Era necesario el atentado para que ambos se reencontrasen? Porque Verne por fin entiende que si el hijo no ha sido un buen hijo, el padre, desde luego, tampoco ha sido un buen padre. Y ahí están el manuscrito *Dos años de vacaciones* y su protagonista para recordárselo: mientras él regalaba su tiempo libre al joven Aristide Briand, Michel desobedecía y se rebelaba sin la atención ni el cariño de un padre. Mientras Verne se volcaba en la educación artística de Aristide, llevándolo a la ópera, a museos, al teatro, Michel crecía alejado de todo eso, construyendo su propia muralla de odio. Mientras Verne se desvivía por Aristide, Michel se pudría en la penitenciaría de Mettray...

Los ojos se le humedecen. Y le sorprende, pensaba que los tenía secos. El lápiz se le escurre entre los dedos y, apoyando la cabeza en las manos, maldice y se lamenta, acribillado por las afiladas lanzas que esgrimen los fantasmas del pasado. No. *Dos años de vacaciones* no aliviará su depresión, ahora lo sabe y, gruñendo como un viejo lobo, manda al diablo al jovencito Briant, al envidioso Doniphan y a todos los muchachos de la maldita isla.

Y de un manotazo, retira las hojas que tiene delante. No va a escribir *esa* novela en *esa* etapa de su vida. No puede.

Hunde la cabeza entre los brazos.

Da lástima verlo, es un hombre acabado.

–¿Y bien? –dijo Nadar–. ¿Tenéis o no tenéis las respuestas?

Briant y Phan movieron apenas la cabeza, afirmando, ante los ojos atentos de Nadar. Nunca antes los había visto tan afectados y serios.

Observó preocupado su aspecto. ¿Soportarían un viaje más?

Decidió terminar con ellos lo que había empezado, no los abandonaría ahora, tan cerca ya del final. Volverían a viajar juntos por el espacio y por el tiempo, esta vez al desasosegante Nautilus del aún más desasosegante capitán Nemo.

Capítulo veintiséis
Un reencuentro, una conversación y una despedida extraña

Un rato más tarde, los tres caminaban por el pasillo del Nautilus. Se dirigían a la biblioteca, el capitán Nemo los esperaba allí, junto a Auda, fumando uno de sus formidables cigarros marinos. No estaba de buen humor. Le molestaba la presencia de los chicos, le asustaba la intromisión de Nadar. Pese a todo, no dejó que su rostro acusara el más leve sobresalto.

–Antes que nada, acepte, amigo Nadar, uno de mis exquisitos puros –comenzó el capitán Nemo en cuanto se reunieron–. Tengo entendido que es usted un empedernido fumador.

–Lo soy –dijo Nadar, aceptando.

–Adelante –dijo Nemo–, hablad; Auda y yo somos todo oídos.

¿Por dónde empezar? El exceso de experiencias vividas haría que todo lo que dijeran quedara escaso o incompleto, tenían tanto que contar... Intentaron no dejarse nada en el tintero y, ayudados por Nadar, repasaron ordenadamente la parte de la existencia de Verne que ellos conocían, desde los años ilusionados de juventud en París hasta su decadencia final en Amiens, donde su novela había sido abandonada.

–Y eso es todo –dijeron Briant y Phan, agotados.

Auda se acercó a ellos con angustia. Les palpó los brazos flacos, la frente ardiendo de fiebre, rozó la fea herida de Phan. Parecían un par de moribundos. ¿Por qué? ¿Qué les había pasado? Ellos respondieron que ese era el precio pactado con la vida a cambio de que la vida les permitiera encontrar las respuestas deseadas.

–Pero no lo lamentamos –dijeron, convencidos–, porque traemos respuestas completas.

Auda lloraba en silencio. Por ellos. Por sí misma. Por lo que unos y otros iban dejando en el camino.

–Un matrimonio fracasado –musitó con un hilo de voz–, un hombre que no valora a las mujeres..., y encima no sabe escribir sobre el amor. Nos desprecia, por eso no hay heroínas, por eso soy un cero a la izquierda. ¿Es así?

–Sí, así es –respondió Briant–. Hemos deshecho el ovillo de cordel de Verne, es la hora de volver a nuestras historias, como habíamos prometido.

Salieron de la biblioteca sin reparar en el rostro contraído del capitán Nemo.

A solas en su camarote, Auda acariciaba los vestidos que le había regalado Nemo a lo largo de tantos días en el Nautilus. No saldrían de allí, regresaría a su historia vacía de equipaje, únicamente con la ropa que llevaba cuando llegó, el discreto traje a la europea que Phileas Fogg compró en la India para ella. Tampoco se quedaría con los perfumes ni con las joyas, ni con el peine de concha de carey; Nemo era ya un capítulo cerrado y prefería no tener que recordarlo.

–¿Se puede? –Se oyó la voz del capitán Nemo, llamando con los nudillos a la puerta.

–Adelante.

Nemo entró. Mostraba una amplia sonrisa. Llevaba en la mano dos copas llenas hasta la mitad. Nadie diría que lo apenaba la marcha de Auda. Bien vestido, lavado y perfumado, estaba más sereno e imponente que nunca.

–Querida, ya que no he conseguido tu amor, y ya que no puedo convencerte de que te quedes, he venido a despedirme.

Auda no sonrió; tenía sentimientos encontrados. Quiso decirle que si la amistad y el cariño son una forma de amor, entonces ella también lo amaba, pero dijo tan solo:

–¿Sin rencores?

–¡Por supuesto! Y tanto es así, que he preparado una pequeña celebración. No nos despidamos tristes, hagámoslo con un brindis.

El capitán Nemo le ofreció una de las copas, Auda la cogió con dedos temblorosos. En su interior, un líquido ambarino se balanceaba suavemente. Era el destilado de plantas marinas que solían beber en las noches de tertulia compartida, y que a ella le parecía tan delicioso. ¿Hasta el mismo final se comportaría como un caballero seductor ese imprevisible capitán Nemo?

–Por ti –dijo con voz gruesa, levantando su copa. Las palabras salieron a través de su negra barba y quedaron suspendidas en el aire, como un eco.

Auda bebió de la copa, notando al instante el sabor extraño que ya conocía, dulce y amargo a un tiempo, como las buenas novelas, como la vida. Pero esta vez la bebida era más amarga de lo que recordaba, y la despedida de Nemo más difícil de lo que esperaba. No dio importancia a lo primero, pensó que se trataba de una variación en la mezcla del destilado, así que se la bebió toda, tragando con el líquido sus lágrimas.

Capítulo veintisiete

En el que regresar se vuelve muy complicado

Cerca de donde Auda y Nemo celebraban la despedida, Briant y Phan se preparaban junto a Nadar para el regreso. No sería fácil, ni cómodo, ni tan siquiera seguro, pues ese último viaje supondría un exagerado esfuerzo. Antes de abandonar el camarote, Phan dijo que devolvería los fósforos robados en la biblioteca porque así tenía que ser; llegaron al Nautilus sin nada y sin nada debían regresar. Phan dijo que estaba harto de ser el envidioso, el malo de su historia. Al menos no sería un ladrón.

–Ve, muchacho –dijo Nadar–, y no tardes, te esperamos para marchar. Entretanto, nos reuniremos con Auda.

Phan se dirigió a la biblioteca. Estaba vacía, oscura, silenciosa. Solo la luz mortecina de una lámpara de emergencia que se mantenía encendida día y noche cambiaba la oscuridad por penumbra. «Dejaré rápidamente los fósforos en su sitio y me marcharé», dijo para sí.

Y de pronto, oyó un ruido. Se quedó plantado, escuchando atento. Alguien se acercaba, alguien iba a entrar. Phan se puso alerta. ¿Cómo justificaría su presencia allí, solo, a oscuras y con un paquete de fósforos en la mano? «Me esconderé en algún sitio para que no me vean y esperaré», decidió.

Echó un vistazo urgente a la sala entera, con las pupilas dilatadas por la escasa luz. Había pocos muebles, algún sofá de cuero. «Me agacharé detrás de uno de esos sofás y no respiraré», resolvió.

Se abrió la puerta despacio y se volvió a cerrar de igual manera. Todo era muy silencioso, muy discreto, muy misterioso. Las pisadas eran lentas, pesadas, parecían las pisadas de un fantasma que arrastrara sus cadenas lenta y pesadamente. Desde donde estaba, Phan no podía contener la intriga que lo consumía. «Sacaré un poco la cabeza y miraré.»

Un sobresalto casi lo tira de espaldas. A no más de cuatro o cinco pies de distancia, acababa de distinguir la silueta enorme e inconfundible del capitán Nemo, que caminaba furtivo, sin dar la luz, y arrastraba con delicadeza y sigilo un bulto grande. ¿Qué era? ¡Un cuerpo! ¡Un ser humano! ¡E inerte! Por todos los demonios... ¿Un cadáver? Phan estiraba tanto el cuello que pensaba que se le separaría del cuerpo, la curiosidad era más fuerte que el miedo. «Pondré todo el cuidado del mundo y Nemo no me descubrirá», pensó.

Pero Nemo estaba demasiado concentrado en el traslado del cuerpo para advertir presencias extrañas, porque, en efecto, remolcaba un cuerpo inerte, y era el cuerpo inerte de una mujer.

«¡Auda!», exclamó Phan para sí, reconociéndola.

El capitán Nemo depositó a Auda sobre uno de los sofás, precisamente el elegido por Phan como escondite. Aterrado, el chico ocultó de nuevo la cabeza. No veía nada, ahora era imposible seguir los pasos de Nemo. «Bueno, pues afinaré el oído y escucharé.»

Y Phan comprobó con alivio que Auda no estaba muerta, ni siquiera inconsciente o desmayada, pues a cada poco se le escapaban los suspiros de un sueño forzado y artificial: estaba narcotizada.

Después todo sucedió como en una función de teatro bien ensayada, en la que Nemo era el protagonista y Phan el espectador primordial: Nemo dirigiéndose a una de las estanterías, palpando los libros, dando con la puerta de la cámara secreta, metiendo la llave en la cerradura... Nemo llevando en brazos a Auda hasta allí... Caminaba con pasos de insecto y trataba el cuerpo de Auda como si fuera una valiosa figura de algún material delicado que de un momento a otro pudiera romperse. Antes de depositarla en la cámara secreta estuvo mirándola largo rato, parecía que dudaba, no se decidía a abandonarla en aquel agujero oscuro y le susurraba que pronto se reunirían mientras le acariciaba el pelo, las manos, la cara, como para retrasar el momento de la separación.

Y Phan supo entonces que, a pesar de *cualesquiera que fueran los motivos que habían obligado a Nemo a buscar la independencia de los mares, no había dejado de ser hombre.*

El capitán Nemo salió de la biblioteca y Phan volvió a quedarse solo. Estaba confundido por lo que acababa de ver. Su mente agotada se negaba a trabajar. ¿Qué era lo próximo que debía hacer? Ah, sí, regresar con urgencia al camarote y contar a Nadar lo ocurrido, él resolvería la situación.

Mientras desandaba los pasillos del Nautilus, la imagen del capitán Nemo herido de amor no lo abandonaba. Porque Phan, a sus catorce años, ya sabía el daño que hacían esas heridas aunque nadie lo avisó nunca de que existían y tampoco nadie le enseñó cómo curarlas. Penny, Penny... ese era el nombre que incesantemente le volvía a la cabeza, una y otra vez, una y otra vez... Las graciosas manos de uñas comidas de Penny... la sonrisa con chicle de Penny...

Apareció Nadar seguido de Briant.

–¡No está! ¡Auda no está en su camarote! ¡No aparece por ninguna parte! –dijo Briant.

La escritura en su brazo a cuchillo de las cinco letras del nombre de Penny...

–Y me temo que Nemo está detrás de todo esto –dijo Nadar.

El rechazo de Penny...

–¡Phan! –gritó Briant–. ¿Es que no me oyes? ¡Auda ha desaparecido, no podemos regresar!

Se miraron cara a cara. Phan buscaba algo que decir que no fuera demasiado inútil porque no estaba seguro de querer delatar a Nemo, solidarizado de pronto con él. Aceptaba ser Doniphan el envidioso, el malvado de su historia, incluso aceptaba pasar por ladrón en vista de que debido a las circunstancias los fósforos seguían en su poder, pero no se convertiría en Doniphan el soplón.

No tuvo que seguir pensando, por el fondo del pasillo vieron pasar al capitán Nemo.

–¿Dónde está Auda? –dijo Nadar a voz en grito.

Nemo se detuvo y esbozó una débil sonrisa.

–¿Me lo pregunta a mí? ¿Por qué tendría que saberlo?

Nadar levantó los brazos, airado.

–¡Tiene gracia!

–Ha podido marcharse –dijo el capitán Nemo.

–¿Sin despedirse? –dijo Nadar.

–Las despedidas son tristes, y más para una mujer sensible. ¿No se le ha ocurrido pensar que tal vez quiso ahorrarse el mal trago?

–Oh, claro –dijo Nadar con ironía–. ¿Se despidió de usted?

–Puedo suponer que sí. Pero no fue una despedida triste. Brindamos incluso por ello. –Y Nemo, al decirlo, sonreía como si llorase.

Phan se mordió los labios. Imaginó a Auda tomando una bebida drogada, la recordó dormida en la biblioteca... Sí, todo encajaba.

–No creo lo que dice, Nemo –aseguró Nadar–. Sé que Auda no haría eso, no se marcharía del Nautilus sin nosotros.

–¿Y por qué no? ¿Porque no parece propio del tipo de carácter que Verne ha decidido para ella? Todos los personajes podemos cambiar si hay una razón lo suficientemente fuerte para hacerlo.

–Aun así, no lo creo. Quiero saber el paradero de Auda y sospecho que usted lo conoce. Hable, capitán.

–No tengo nada más que decirle –dijo tajante el capitán Nemo.

Nadar se impacientaba, perdía la compostura. Contuvo la respiración, cerró los puños.

–Júreme que no sabe dónde se encuentra Auda, ¡júremelo! Y acto seguido lo dejaremos en paz y abandonaremos su Nautilus de forma inmediata y para siempre.

El corazón de Phan latía con fuerza. ¿Sería Nemo, el íntegro, el admirado Nemo capaz de jurar en falso y de mentir?

Pero no lo hizo, y Phan agradeció que la imagen que de él tenía permaneciera intacta.

–Insisto: nada más diré sobre eso. *Sea esta la última vez que venga a tratar ese asunto, porque si en otra ocasión le ocurre lo mismo,* no me dignaré ni siquiera a escucharle. Están en mis dominios –recalcó el capitán Nemo–, y aunque el Nautilus pueda ser un lugar de refugio para los que, como yo, rompen toda relación con la tierra, si me molestan no dudaré en utilizar mi autoridad para expulsarlos. No lo olviden.

Ya no sonreía. Se dio la vuelta y desapareció por los pasillos oscuros, firme y orgulloso como un soberano de otros tiempos.

En el interior de su camarote, Nemo cambió su expresión de seguridad por otra bien distinta: estaba preocupado. Ya había supuesto que Nadar le daría problemas y su desconfianza respecto al paradero de Auda no hacía más que confirmarlo.

Repasó los planos del Nautilus, simple rutina, los conocía como la palma de la mano. El submarino era ciertamente colosal, un monstruo de hierro y acero único en el mundo que, sin embargo, carecía de generador autónomo de oxígeno y tenía que salir cada día a la superficie a cargar sus reservas de aire. Solo la cámara secreta estaba preparada para cualquier emergencia, incluida una larga permanencia bajo el mar. Un complicado mecanismo de bombas que producían oxígeno lo hacía posible y, amparándose en eso, Nemo ya había forjado su plan: el Nautilus no saldría a respirar, agotaría todo su aire y los intrusos abandonarían el submarino o perecerían por asfixia dentro de él. Y mientras sucediera el desenlace, Auda y él respirarían gracias al oxígeno de la cámara secreta. También la tripulación se salvaría, contaba con los trajes de buceo, su mente organizada lo había calculado todo. Sin embargo, atacaba a Nemo un nerviosismo que no era capaz de controlar. Sabía que estaba ante un reto arriesgado, y que al igual que los chicos, él también renegaba de su futuro determinado por Verne, él también se sumaba a la rebelión. Pero ¿qué podía hacer? ¿Resignarse a vivir sin Auda? ¡Jamás! Intuía además que Verne no guardaba un buen final para su personaje. Seguramente su nave sería apresada y él, por ser como era, moriría antes que dejarse capturar. Su cuerpo entonces pasaría a formar parte del océano en el que había morado, y allí sería pasto de los peces. ¿Qué podía esperar un prófugo, un renegado, un desertor y un proscrito? Y eso es lo que era él, por mucha integridad e importancia de que estuviera revestido su carácter.

Hizo llamar a su primer oficial. Como ya era habitual, se comunicaron en el extraño idioma.

–Navegamos a una velocidad moderada de quince millas por hora y a una profundidad de veinte metros. Quiero que el Nautilus se sumerja mucho más.

–Estamos en aguas poco profundas, capitán. Aquí no será posible.

–Sé dónde nos encontramos y sé adónde hay que ir. ¡Hacia el norte! ¡A toda máquina! Estaré atento al manómetro. Mientras, esperad nuevas órdenes.

–Como mande, capitán.

El capitán Nemo recogió los planos y los cerró bajo llave. Aunque la existencia de la cámara secreta aparecía en clave, no sería prudente que alguien ajeno al submarino curioseara en ellos y la descubriera. Después tomó la cajita de polvos narcóticos y se la guardó en el bolsillo. Quién sabe, podía volver a necesitarla. Se miró al espejo. El insomnio y la inquietud estaban haciendo estragos en su rostro. Quiso serenarse un poco. Recordó una melodía que a menudo tocaba en el órgano del salón y que era la preferida de Auda.

–Tara-ra, tara-ra-ra-ra... –tarareó con voz honda y cansada. Las notas chocaron contra las paredes y devolvieron sonidos que Nemo apenas reconoció.

Al cabo de un rato, la velocidad era de cincuenta millas por hora, la máxima a la que podía navegar el Nautilus, y las sondas termométricas marcaban diez grados, temperatura de aguas harto profundas. A Nemo se le dibujó una sonrisa de orgullo, su viejo y querido navío volvía a estar a la altura de su ingeniería. Salió del camarote y se dirigió a la sala de máquinas, donde la tripulación esperaba sus mandatos.

–Tocad fondo y detened los motores.

–¿Sucede algo, capitán?

–Estamos en guerra y vamos a llevar a cabo una larga inmersión. Quiero que a las siete en punto de la mañana todas las luces dejen de funcionar, incluido el fanal del exterior. Inutilizad también el aire de reserva. Equipaos con los trajes de buceo. Conocéis su capacidad: cinco o seis horas de respiración autónoma, que supongo bastarán para alcanzar la victoria, aunque no puedo prometerlo y, como sabéis, siempre existe un riesgo. Si alguno de vosotros tiene dudas y quiere abandonar el Nautilus, ahora es el momento de hacerlo, el bote estanco está a vuestra disposición, pero si decidís resistir junto a mí, recibid mi enhorabuena y ocupad inmediatamente vuestros puestos.

–A sus órdenes, capitán –fue la respuesta unánime.

Nemo se quedó con sus hombres todavía unos momentos y a continuación caminó hacia la biblioteca, repasando mentalmente cada uno de los pasos dados. No había olvidado ninguno, ahora solo quedaba esperar. Esperar a que esos tres insensatos regresaran a sus mundos si no querían morir bajo la más agónica de las muertes. Cuando los chicos se encontraran en su maldita isla y Nadar en su maldita luna o en su maldita historia o en su maldita vida, se olvidarían todos de Auda y entonces él, a solas con su amada, la convencería sin esfuerzo para que permaneciese a su lado por los siglos de los siglos.

Ya en la biblioteca, abrió la cámara secreta y se metió dentro. Auda seguía dormida en un sueño algo inconstante pero tranquilizador. Nemo atrancó la portezuela tras de sí y se acomodó con la cabeza de Auda en su regazo, dispuesto a pasar un buen puñado de horas. Le acariciaba el pelo negro y, mientras, tarareaba de nuevo la evocadora canción.

Eran las seis de la madrugada y el buque llevaba más de un día sin respirar. A las siete, el oxígeno comenzaría a escasear; a las ocho o las nueve, el aire sería irrespirable.

Capítulo veintiocho
En el que asistimos a la metamorfosis de Phan

Nadar no creía que Auda se hubiera marchado de incógnito, sin un adiós. No la había tratado personalmente, pero sabía por Verne de su carácter atento y disciplinado y la suponía incapaz de semejante desaire. Tanto era así, que no pensaba desplazarse a *La vuelta al mundo en ochenta días* a comprobarlo. Él también acusaba en su cuerpo (¿o lo acusaba Michel Ardan?) el deterioro de los muchos viajes realizados, y no era cosa de malgastar masa corporal y energía para demostrar algo que conocía de antemano. Auda estaba en el Nautilus. Pero ¿dónde?

Quedaba otra cuestión pendiente, la de si Auda prefería la compañía de Nemo o la de Mr. Fogg. De ser lo primero, iba a costar bastante más esfuerzo devolverla a su historia por las buenas.

Y en estas meditaciones andaba Nadar, cuando, de pronto, faltó la luz.

–¿Qué ha pasado? –preguntó Briant.

–No lo sé –respondió Nadar–. Supongo que se trata de un simple apagón. Esperemos un momento a ver qué pasa.

Esperaron en un silencio sepulcral. No se oía ni el vuelo de una mosca. Nadar comentó:

–Qué silencio. Se diría que han parado los motores.

No era lo habitual, y Nadar, viajero infatigable en todo tipo de artefactos, lo sabía. Buscó a tientas la puerta del camarote en el que se encontraban y salió al pasillo, que también estaba sin luz. Allí permaneció inmóvil, escuchando. «Hum...», se dijo, preocupado. «Esto pinta mal.»

–Oídme, muchachos. –Acababa de regresar al camarote.– Han parado los motores del Nautilus. Hemos tocado fondo a mucha profundidad y por eso la oscuridad es tan grande. Nemo planea algo, seguro, así que no podemos esperar aquí parados a que se salga con la suya. Andando.

–¿Adónde... vamos? –preguntó Briant, que había comenzado a respirar con cierto esfuerzo.

–A hablar de nuevo con Nemo, por supuesto.

–Dijo que no lo molestáramos... –recordó Phan.

–Esto lo cambia todo. Tiene que darnos una explicación.

Volvieron al pasillo palpando las paredes con las manos. La oscuridad era completa. Para orientarse, Nadar encendió uno de sus fósforos, que se consumió visto y no visto. Tuvo que encender otro, luego otro más. Los fósforos ardían con una rapidez alarmante. Llegaron al camarote de Nemo y entraron sin llamar, empujando suavemente la puerta que alguien, tal vez el propio Nemo, por voluntad o por descuido había dejado abierta.

–¡Aquí no está! ¿Dónde se habrá metido?

Nadar empezaba a perder los estribos. Gritaba, blasfemaba, había terminado los fósforos. Inspiró profundamente, sintiéndose mareado, parecía que el aire no quería llegar a los pulmones y también los chicos respiraban con dificultad. Los movimientos de todos eran cada vez más lentos. Entonces Nadar tuvo un momento lúcido: ¿cuánto tiempo llevaba el Nautilus sin subir a la superficie? Más de un día, acaso dos...

–*¡Diable! ¡Malepeste!* –maldijo Nadar. Acababa de comprender que estaban metidos en un lío de cuidado.

Y Phan, pensando que maldecía por la falta de fósforos, encendió uno de los suyos, aquellos que no había devuelto a la biblioteca del Nautilus. Nadar negó con la cabeza.

–No, no es ese el problema, es algo mucho peor. ¡Estamos sin aire! ¡Nos quedamos sin oxígeno! ¡Nos asfixiamos! Es de esperar que Auda esté a salvo, así que ¡se acabó pensar en ella! ¡De prisa!, busquemos la salida, no nos queda mucho tiempo.

–¿La salida? ¿Bajo el agua? –dijeron Briant y Phan, desorientados.

–¡La salida a vuestra Nada, por mis muertos! –rugió Nadar.

Solo que, con el aire viciado y completamente a oscuras, cada paso que daban era un esfuerzo descomunal. Chocaban contra las paredes, tropezaban y caían. Briant y Phan, mucho más débiles que Nadar, pronto no podrían levantarse. Nadar pidió un fósforo a Phan. Sabía que la llama consumiría un oxígeno necesario para la supervivencia, pero también sabía que a oscuras el submarino se transformaba en un laberinto intrincado donde nunca encontrarían la salida.

A la luz clarificadora del fósforo, a Nadar se le planteó una pregunta insidiosa.

–Doniphan: ¿por qué tienes los fósforos? ¿No fuiste a devolverlos a la biblioteca?

Phan enrojeció y agradeció la oscuridad que lo encubría.

–Sí... Iba a hacerlo...

–Ibas a hacerlo y... ¿Qué pasó?

–No lo hice...

–¿Por qué, por qué no lo hiciste?

–Lo... olvidé...

–Vaya por Dios. ¿Cómo pudiste olvidarlo, si fuiste a la biblioteca precisamente a eso?

–No... No me acordé...

–¡Imposible! ¡Eso no se lo cree nadie!

–¡Pues es cierto que me olvidé!

Y dijo esto último sin titubear, porque estaba diciendo una de las verdades más grandes de su inútil y embustera vida. Pero al sagaz Nadar poco o nada se le escapaba.

–¡Ah! *¡Mon Dieu, mon Dieu!* –Nadar le aporreaba la cabeza.– ¿Qué hay ahí dentro que no nos quieres decir? ¿Qué callas? ¿Qué escondes? ¿A quién proteges? ¡Contesta! ¡Contesta ya!

–No... puedo.

–¡¿No puedes?! –gritó Nadar.

–Habla, Phan, habla –le rogó Briant.

–¡Habla! ¡Habla ya! –exigió Nadar.

–¡No! ¡Jamás! ¡Nunca! –Phan se puso violento.– ¡No seré un chivato! Sé que soy el malo de mi historia, el envidioso, el inglés despreciable que pone a prueba la bondad y la paciencia de Briant. Usted, Nadar, es un héroe, no puede entender cómo me siento, y tú, Briant, eres inteligente, humanitario, un líder. Francés, como Verne, todos aprecian tu opinión. Te hicieron a imagen y semejanza de un modelo vivo, como a Dick Sand, como a usted, Nadar... o Ardan... o quien sea... Pero yo... ¿Quién soy yo? ¿Qué soy yo? Un renegado, un ser malvado rodeado de tres ingleses igual de malvados... Un personaje que ataca, que golpea y se enfurece, que conspira, que entorpece la buena marcha del grupo y que lo único que hace en la isla es matar animales, cazar... ¡Qué amargo destino!... –Empezaban a caerle lágrimas y se las secó de un manotazo.– ¡Pero yo no soy culpable, Verne me hizo así! ¡Pedidle cuentas a él!

El oxígeno se agotaba. El Nautilus ya no era una nave futurista de ingeniería prodigiosa y tecnología altamente invulnerable, ahora era un cepo inteligente, un submarino trampa. ¿Cuánto tiempo más podrían resistir? Nadar dijo entonces:

–Escucha, Doniphan, tenemos que salir de aquí rápidamente, pero si sabes algo de Auda o del capitán Nemo, debes decirlo. Cuanto antes, el tiempo se acaba. Estoy aquí para solucionar vuestra rebelión y, si es posible, debo conseguirlo. Si confiesas lo que sabes, te prometo que intercedo ante Verne por ti.

Phan se frotó los ojos.

–¿Qué quiere decir?

–Quiero decir que intentaré que de algún modo te favorezca.

–¿Cómo? ¿Convirtiéndome en el bueno de la historia? ¡Qué risa!

–No lo sé, ahora no puedo pensar. Algo se me ocurrirá para intentar que Verne cambie tu destino.

–Lo dudo. Verne odia a los ingleses.

–¡Qué tonterías estás diciendo! Verne no odia a los ingleses. Sin ir más lejos, algunos de sus grandes héroes son ingleses. El doctor Fergusson, Mr. Fogg, Lord Glenarvan...

–Eso fue hace mucho, mi historia es muy posterior. Ahora Verne desprecia a los ingleses, lo sabemos todo sobre él, usted nos ayudó. ¿Verdad, Briant?

Pero Briant ya no lo escuchaba, estaba tirado en el suelo, mareado, casi envenenado. Nadar se devanaba los sesos pensando qué hacer.

–Phan, muchacho, ya lo tengo. *Dos años de vacaciones* te convertirá en héroe.

–¿Sí? –Phan rio, despacio.

–Salvarás la vida de Briant, yo me ocupo de ello. Y la salvarás casi a costa de la tuya. Serás aclamado y agasajado, serás el triunfador de la historia. Te lo prometo, te lo promete Nadar. Y también Michel Ardan.

Phan vagaba entre la congestión y la asfixia. Ahora le costaba tanto esfuerzo emitir una sola palabra que su antigua fortaleza le pareció una ilusión, un sueño de esos que se sueñan cuando soñar es lo único de la existencia que merece ser tenido en cuenta o recordado.

–¿Puedo... fiarme... de usted?

–¿Cómo, fiarte? Hijo, he documentado a Verne sobre muchas cuestiones de sus novelas, él confía en mí. Convencerle para que mejore el final de tu personaje será cosa de coser y cantar.

–¿Es... eso... cierto?

–¡Tan cierto como que vamos a morir aquí si no salimos deprisa! ¡Nada de lo dicho se cumplirá si no llegáis Briant y tú a la isla con vida! ¡Toca a tu amigo, tócalo! ¡Se asfixia! ¡Y tú y yo iremos detrás! ¿No es suficiente eso para que hables?

Por supuesto que lo era. Ahora los acontecimientos habían dado un giro de ciento ochenta grados. Si en algún momento él iba a ser el responsable de salvar la vida de Briant, la suya entonces se volvía tremendamente valiosa, digna de conservar. Pero Nadar tenía razón; el tiempo se agotaba, no lo malgastaría hablando. Phan dijo tan solo:

–En la biblioteca... Auda... Nemo... aire.

Capítulo veintinueve
De cómo una promesa también mueve montañas

Nadar no hizo preguntas. Agarró a Briant como a un paquete y lo arrastró por el pasillo camino de la biblioteca. Allí abrió la puerta con ansia. Entraron.

–¿Dónde, dónde están? –preguntó Nadar.

–Allí –señaló Phan–. Detrás de esos libros hay una puerta secreta.

Nadar se puso a sacar libros como quien retira escombros buscando supervivientes de un seísmo. Los tiraba al suelo sin cuidado, casi con rabia. Algunos quedaban de canto a sus pies, otros abiertos boca abajo, todos se arrugaban. Y lo hacía él, un ardiente enamorado de los libros.

–¿Seguro que es aquí? –dijo Nadar.

–Seguro –respondió Phan.

–¡Alúmbrame!

Al fin dieron con la puerta. Estaba cerrada y no tenía manilla ni pomo ni nada por donde poderla forzar. Nadar miró a su alrededor, entendiendo que allí no encontraría ninguna herramienta con qué abrirla o derribarla.

–¡Nemo! –gritó, golpeando la puerta con el puño–. ¿Está usted ahí?

Solo le respondió el silencio.

–¡Salga, Nemo, tenemos que hablar!

Nadar esperó unos instantes. Luego vociferó:

–¡Capitán Nemo! ¿Me oye? ¡Sé que está ahí, con Auda! ¡Debe salir de inmediato!

Hizo una nueva pausa para tomar aire. Le costaba mucho respirar.

–¡Escuche, Nemo, no lo repetiré más! ¡Salga ahora mismo o prendo fuego al Nautilus! ¡No dude que lo haré! ¡Y comenzaré por sus magníficos libros!

Nada más decirlo, se recostó fatigado en el suelo, apoyando la espalda en la puerta de la cámara secreta. ¡Qué esfuerzo suponía hablar con el oxígeno racionado! Claro que prendería fuego al Nautilus, no era una amenaza gratuita. Sin apenas tiempo ni fuerzas para encontrar la salida, el final era inminente, ya todo daba igual. Pero en ese momento se oyó una voz que atravesaba la portezuela, aunque llegaba lejana y tenue, como los sonidos de ultratumba.

–No podrá.

Nadar se incorporó y acercó el oído a la puerta.

–¿Eh? ¿Qué dice? ¡Nemo! ¿Es usted? ¡Responda!

–No podrá. Sé la hora que es. No hay suficiente oxígeno para prender fuego al Nautilus.

Qué razón tenía. Cómo había podido amenazarlo con una simpleza así. Nadar se sintió torpe. ¿La asfixia le estaba degradando las facultades mentales? Seguro. A su lado,

Phan también se adormecía, acusando, como Briant, claros síntomas de abandono.

–¡Phan, Phan, despierta! –dijo, dirigiendo su atención al chico y zarandeándolo para que reaccionara–. ¡No te rindas ahora! Solo tienes que inspirar con fuerza, como yo. Así, ¿lo ves? ¡Inspira, inspira, Doniphan!

Se le desvanecía en los brazos y Nadar ya no sabía qué hacer. ¿Debía hablarle, atosigarlo para mantenerlo activo? Demasiado esfuerzo inútil. ¿Debía hacerle el boca a boca con el poco aire de que disponía? Se sentía incapaz. Y Briant, a su lado, agonizaba de igual forma. ¡Desdichados! La cabeza lenta y pesada de Nadar trabajaba con esfuerzo. Tomó una gran bocanada de aire.

–¡Nemo! ¿Me oye, Nemo? Puedo ofrecerle algo a cambio, lo que quiera que esté en mi mano, si abre y nos deja respirar.

De nuevo resonó la voz del capitán, al otro lado de la puerta.

–¿Qué me va a ofrecer a cambio? Tengo todo lo que necesito para vivir en la tierra o en el mar, por muchos años que dure mi existencia. –Rio una especie de risa deplorable.– Poseo más oro del que podré gastar nunca, amigos fieles que darían su vida por mí, y ahora también tengo una mujer. No, amigo Nadar, no existe nada que yo no tenga y usted pueda darme.

–¡No tiene una mujer! –gritó Nadar, frenético–. ¡Auda pertenece a *La vuelta al mundo en ochenta días,* como usted pertenece a *Veinte mil leguas de viaje submarino* y como estos chicos pertenecen a *Dos años de vacaciones*! ¡Y eso no se puede cambiar! ¡Son personajes! ¿Me oye? ¡Personajes!

–Se puede cambiar. Yo lo haré. Yo cambiaré mi destino.

–¿Su destino? ¡Su destino depende de Verne!

–Exacto. Y sospecho el final que tiene reservado para mí. Y, ¿sabe? No me gusta.

Nadar calló unos instantes. Luego dijo:

–Diga, Nemo. ¿Qué final cree que Verne tiene reservado para usted? Estoy muy interesado. Es posible que hoy, con su historia aún incompleta, ni siquiera él lo sepa. A menudo resuelve el final sobre la marcha.

La cínica risotada de Nemo traspasó la pequeña puerta estanca.

–¿Qué final le daría usted a un hombre perseguido por la humanidad, enemigo de sus semejantes, que acostumbra a retener prisioneros en su nave? ¡Yo le daría la muerte!

–¡No! –clamó Nadar, horrorizado–. ¡Verne le ama! ¡Es su personaje favorito!

–Pero se debe a su historia y a sus lectores. Y estamos hablando de una historia limpia y de un público joven. No nos engañemos, Nemo tiene que morir, no puede haber mejor final para la novela. ¿Desde cuándo triunfa un personaje como el mío? Y ahora, cállese, o hable y consuma más oxígeno, como prefiera. Yo esperaré un poco más, la victoria está cerca.

Nadar se mareaba de angustia. ¿Qué le quedaba? Rezar sus oraciones, si es que recordaba alguna. A no ser que...

–Escuche, Nemo, le propongo un trato. –Esta vez Nemo ni siquiera contestó. Nadar prosiguió:– Yo me encargo de que su final sea otro, de que no muera... de que quede en libertad con su nave y toda su tripulación, para seguir surcando los mares. Créame, puedo hacerlo, puedo convencer a Verne y también al señor Hetzel, el editor... Lo haré... Se lo aseguro... A cambio, le pido que abra la puerta y que salga... Tiene que entregar a Auda, no le pertenece, usted es el capitán Nemo... Solitario, fuerte, entero... Y así debe seguir siendo, no necesita una mujer... No necesita a nadie... Así que abra, abra la puerta... abra... la.... puer... ta... y le pro... me... to... que...

La voz de Nadar se apagó. Se apagaba la mecha de su recorrido, afrontaba la última vuelta de su ovillo de cordel. Cualquier cosa que dijera ya no tenía valor porque dentro de muy poco su vida sería únicamente un ovillo terminado. Con los ojos entornados, vio o creyó ver un haz de luz resplandeciente y pensó: «Bueno, he aquí el túnel que deja atrás el mundo de los vivos y que, por lo que tengo oído, acaba en una luz.» Entonces, lleno de paz, imaginó que tras esa luz estarían sus parientes y amigos fallecidos, esperándolo para que les contara las últimas novedades sucedidas en la Tierra. Lo recibirían con los brazos abiertos, querrían saberlo todo, conocer cuanto se habían perdido durante el tiempo incalculable y variable de la ausencia. Y Nadar pensó: «Bueno, en medio de todo no es tan terrible morir.»

Pero no había espíritus, no había parientes ni amigos en forma de ectoplasma. El capitán Nemo emergía de aquella luz, la luz de la cámara secreta, que ahora tenía abierta su puerta. Con la mirada asustada y el rostro cansado, nada había en él que recordara al hombre altivo y arrogante que habían conocido. Encorvado por la postura e inusualmente desaliñado, aún intentaba que su gesto fuera de desdén. Pero Nadar no se percató de ello. Había cerrado los ojos y se deleitaba del aire renovado que emanaba de la cámara secreta. Cuando se hubo repuesto de su propia asfixia, acercó hasta allí a Briant y Phan para que respiraran también. Con el entorno iluminado y lleno por fin de oxígeno, daba la impresión de que todo lo pasado había sido un sueño o más bien una pesadilla que, aunque horrorosa, se olvida poco a poco según avanza el día.

Y entonces la descubrió en el fondo de la cámara secreta. Estaba adormecida por los narcóticos, en un estado fronterizo entre la realidad y la inconsciencia, y todavía Nemo la retenía para sí un último instante con un dolor infinito porque ya había aceptado que Auda no le pertenecía ni le pertenecería jamás. Luego dijo, mirando muy serio a Nadar:

–¿Confirma que no moriré?

–No, no morirá. Yo me encargo de ello.

–¿Confirma que conservaré mi Nautilus?

–Con toda la tripulación, délo por hecho. Logrará huir al final de la historia. Nadie volverá a molestarlo.

Le vibraba levemente a Nemo la piel de la garganta, como si fuera a echarse a llorar. Nadar no podía dejar de maravillarse. Nunca imaginó que ese intrépido, misántropo y excéntrico capitán pudiera ser vulnerable al fracaso, a la derrota, a la muerte y al amor.

–¿Me da su palabra? –Fue la última frase que oyó de los labios del capitán Nemo.

–Por supuesto. ¿Cuál prefiere? ¿La de Nadar o la de Michel Ardan?

Capítulo treinta
A casa

Desde que se restableciera la normalidad a bordo, nadie había visto ni oído al capitán Nemo. Tampoco a los miembros de la tripulación. El Nautilus volvía a navegar como un buque fantasma, hendiendo las aguas profundas con su casco potente de acero y hierro. A su paso, los peces despejaban el camino y las criaturas vegetales se contorsionaban. Paulatinamente los depósitos de agua aligeraban su carga y el submarino entonces ascendía trechos con facilidad, como un corcho en una bañera.

En el salón de la nave, mientras contemplaban a través de la ventana el fondo oceánico, Auda, Nadar y los chicos se preparaban al fin para marchar. Auda llevaba un discreto vestido de hilo color gris, muy largo, cubriéndole los zapatos, y una capa corta del mismo tejido sobre los hombros. Se había recogido el pelo y lo ocultaba bajo un sombrero de capota indiscutiblemente inglés. En su mano se balanceaba un bolso. Era un atuendo sencillo que, sin embargo, no podía encubrir su belleza hindú, su porte de auténtica princesa parsi. A su lado, los chicos presentaban un aspecto mucho peor: sin los tabardos marineros que habían sido abandonados en Florida, por los suéteres agujereados y manchados se les escapaba la ropa interior. Y, después de todo, eso ahora bien poco importaba. Había un asunto pendiente de principal interés: pronto se separarían para siempre de Auda y de Nadar, siendo *siempre* el espacio de tiempo mayor que imaginaban. No era fácil hacerlo y unos y otros alargaban deliberadamente el momento del adiós.

–Bien. Llegó la hora –dijo Nadar–. Debemos marchar ya.

Juntos se dirigieron hacia el final del Nautilus descrito por Verne, al límite material, a la frontera negra desde donde darían el salto. Aquí se llevaría a cabo la separación eterna. Nadie se agarraría a nadie y cada uno regresaría a su propia Nada. Y de su Nada a su historia. Auda esperaba impaciente el reencuentro con Phileas Fogg y confiaba en que no estuviera demasiado enfadado con ella por su ausencia. Deseaba de verdad unir su vida a la de aquel hombre bueno, y juntos hacer de sus caminos un único itinerario personal. Briant y Phan volverían a su isla y Nadar regresaría a París, o a Stone's Hill, o a la Luna. ¿Quién podía saberlo?

Pero había otra cuestión que entristecía a Auda tanto o más que separarse de sus tres amigos: no sabía nada de Nemo y no quería marcharse sin decirle adiós. Tenía que hacerle entender que por mucho que uno juegue por un tiempo a ser otra persona, al final la vida pone a cada cual en su lugar.

–No puedo marcharme sin despedirme de Nemo –dijo con buena voluntad–, entendedme. Voy a buscarlo, hablaré con él, le daré las gracias por su hospitalidad. Serán solo unos minutos. Quiero que sepa que no le guardo rencor por su último gesto. Enseguida regreso con vosotros.

Mas, asombroso personaje, no hizo falta llamarlo ni buscarlo. Al fondo del pasillo, como surgido del aire, aguardaba el capitán Nemo. Extraordinariamente tranquilo, parecía un maniquí o un autómata. Si había dolor en el fondo de sus ojos, no se advertía; si tenía el alma rota, tampoco. Volvía a mostrar su imagen soberbia, hermética, inescrutable y entera, más capitán Nemo que nunca. Vestía de negro y una gran *N* bordada en oro destacaba a la altura de su pecho. El brillo que producía parecía el destello de una daga clavada en el corazón. Auda caminó hacia él con paso decidido, tratando de entrar con su mirada en el pozo oscuro de esos ojos. ¿Podría? Cuando estuvo a su lado, supo que no lo conseguiría.

–Gracias por todo –le dijo–. Te he perdonado. Adiós.

Y posó sus dedos claros, aquellos que un día cautivaron a Nemo, en la mano grande y curtida de un personaje que lo mismo había empuñado un arma como una delicada concha, o una flor.

La estatua que hasta entonces era el capitán le devolvió la mirada, de una profundidad asombrosa, y agarró esa mano blanca que Auda le ofrecía. La retuvo largo rato entre las suyas y durante ese tiempo ambos se observaron; serena la expresión de ella, inanimada la de él. Pero luego Nemo extendió hacia ella los brazos y*, arrodillándose, prorrumpió en sollozos.*

El capitán Nemo lloraba en silencio ciñendo la falda de Auda y apoyando la cabeza en su cintura. Rodeándole la cabeza con sus brazos, Auda lloró con él y se alegró de que la última imagen que se llevara de Nemo fuera la de un ser humano, la de un hombre.

No duró mucho tiempo la escena, enseguida Nemo desapareció tal como había venido, fundiéndose con las sombras, sin que tan siquiera las flexibles suelas de sus zapatos emitieran sonido alguno, y Auda regresó junto a Nadar y los chicos.

–Cuando queráis –dijo, emocionada por la despedida.

Se abrazaron unos a otros. Auda revolvió el pelo de los dos muchachos, que estaba crecido y desordenado. Sonrió mostrando todo su agradecimiento y el lunar tatuado en la frente le resplandeció, iluminado por el brillo de los ojos.

–Nunca os olvidaré, dondequiera que me encuentre y con quienquiera que esté. Ni a usted tampoco, amigo Nadar. ¿O debo llamarlo Ardan?

Tanto daba. Pero no lo dijo. La miraba pasmado, por momentos embelesado, y pensaba que Verne, para crearla, se habría inspirado forzosamente en alguna mujer por él muy admirada.

Aún persistía el aroma de Auda cuando ya no estaba. En aquel momento, Nadar reaccionó y lanzó un grito a la profundidad, inclinándose sobre la negra Nada.

–*¡Diable!* ¡Lo olvidé! ¡Olvidé darle el último mensaje! ¡*Mademoiselle* Auda! ¿Me oye? ¡Mr. Fogg no la pedirá en matrimonio, es demasiado impasible para hacerlo, pero la ama, la ama sobre todas las cosas! ¡No lo olvide!

–¡Pues entonces lo haré yooooo...! –Pareció oírse, lejana, esta frase al fondo del abismo.

¿Tomaría Auda decisiones de ese tipo? Nadar no podía imaginar para ella y para la rebelión un éxito mayor y quiso felicitar a los muchachos. Pero Briant y Phan también habían saltado. En el Nautilus, junto a la frontera, únicamente quedaba él. Entonces se dio cuenta de que estaba muy cansado. Sacó uno de sus cigarros y se dispuso a encenderlo. «Combustible para el viaje», dijo para sí con una media sonrisa. Debido a la limitación que imperaba en el Nautilus de fumar solo en la biblioteca, llevaba mucho tiempo sin hacerlo y notaba una fuerte ansiedad. Pero no tenía fósforos, los había terminado la noche fatal del apagón.

–*¡Merde! ¡Maudit!* –gruñó bajando la vista.

Y allí, depositados con cuidado en una orilla del suelo, descubrió los fósforos de Phan, los fósforos del Nautilus que finalmente se quedaban en el Nautilus porque al Nautilus pertenecían y porque así tenía que ser para no alterar el orden establecido por Verne en todas y cada una de sus novelas. Un orden tan inamovible como el orden de una sucesión matemática o como el orden cósmico. No era exagerado por lo tanto imaginar a Briant y Phan, ya en la isla, con el saludable aspecto anterior a los viajes por las Nadas, sin síntomas de enfermedad, sin marcas en los brazos o en la cara, de nuevo enemigos, enfrentados, y con los tabardos marineros de la tripulación adulta, aquellos que fueron abandonados en Florida en un tiempo abstracto que ahora era imposible ordenar.

Tampoco fue difícil para Nadar imaginar un glorioso final para *Dos años de vacaciones*, una historia mediocre de trama gastada y personajes poco elaborados (tenía que ser realista: no era ni con mucho la mejor novela de Verne), en la que, sin embargo, dos de esos personajes habían conseguido tocarle el alma.

–Bien, misión cumplida, fin de la rebelión. No podrá quejarse Verne de mi esfuerzo, no señor.

Meneó la cabeza pensando que se había emocionado y que tal vez ya no tuviera edad para ciertas cosas. También sintió pena cuando abandonó definitivamente el Nautilus y a su sorprendente, avezado, independiente y siempre fascinante capitán Nemo.

Final

Aquella mañana Verne se despertó mucho más tarde que de costumbre. Un hermoso día golpeaba la ventana de su gabinete de trabajo, en el número 2 de la rue Charles Dubois, y el sol entraba por las rendijas de la contraventana a medio cerrar.

–Hum, las ocho –dijo mirando el reloj–. ¿Cómo es que el ferrocarril de la madrugada no me ha despertado? ¿Y Mathias? Será que al verme aún acostado no habrá querido molestar, he debido de dormir como nunca.

Se vistió el pantalón de estar en casa sobre el camisón, pero no se puso la bata de color rojo granate. Era verano y desde bien temprano hacía calor. Tampoco agarró el bastón porque para caminar por la habitación ya no lo necesitaba.

El tobillo mejoraba lentamente. Se había cerrado la herida interior, aunque la exterior seguía abierta. Aún perduraban los dolores a más de un año del atentado, y la cojera (lo sabía) lo acompañaría de por vida. No obstante, estaba algo más animado y había comenzado a salir, a frecuentar la biblioteca y el Círculo de la Unión, y al anochecer, de camino a casa, la pastelería de Monsieur Sibert, donde su diabetes solo le permitía tomar una taza de café con leche. Pero no saldría hoy. Dedicaría el día entero a la escritura. Terminada su novela *Norte contra sur*, rescataría del olvido *Dos años de vacaciones,* el viejo manuscrito abandonado en una estantería y atado con cuerda de bramante. Se lo impuso como una obligación. La noche había transcurrido en medio de sueños extraños en los que muchos de sus personajes organizaban una rebelión. Y la empezaban precisamente dos muchachitos de *Dos años de vacaciones.* «Caramba», se dijo Verne, «a lo mejor es una señal. La verdad es que los he tenido muy abandonados.»

Epílogo

Julio Verne se recuperó y terminó *Dos años de vacaciones*, así como muchas novelas más. Escribió hasta el final de sus días.

Su hijo Michel fue su mejor representante y sucesor.

Compartió su vejez en paz con Honorine.

Fue una personalidad política y literaria en Amiens.

Nunca consiguió pertenecer a la Academia Francesa de las Letras.

Murió el veinticuatro de marzo de 1905, a los setenta y siete años de edad.

Está enterrado en el cementerio de Amiens y su mausoleo es uno de los más visitados.

Índice

Marisol Ortiz de Zárate

Mi partida de nacimiento asegura que nací en Vitoria, una mañana de abril de hace unos cuantos años. Aunque el colegio no me gustaba demasiado, allí aprendí a leer y a amar los libros. Me convertí en una gran escuchadora de historias, que es lo que somos los lectores. Pero ese mundo se me quedó pequeño y un día decidí que quería ser, además, una contadora de historias, que es lo que somos los escritores.

Para inspirarme, hago bonitos viajes por mi país, o fuera de él. O no hago nada, simplemente me quedo viendo pasar la vida y pensando sobre qué me gustaría escribir.

Poner aquí los títulos de todos mis libros sería lo lógico, pero yo prefiero que, si buscas alguno o te apetece conocerlos, visites mi página web: www.marisolortizdezarate.com

Bambú Grandes lectores

Bergil, el caballero perdido de Berlindon
J. Carreras Guixé

Los hombres de Muchaca
Mariela Rodríguez

El laboratorio secreto
Lluís Prats y Enric Roig

Fuga de Proteo 100-D-22
Milagros Oya

Más allá de las tres dunas
Susana Fernández Gabaldón

Las catorce momias de Bakrí
Susana Fernández Gabaldón

Semana Blanca
Natalia Freire

Fernando el Temerario
José Luis Velasco

Tom, piel de escarcha
Sally Prue

El secreto del doctor Givert
Agustí Alcoberro

La tribu
Anne-Laure Bondoux

Otoño azul
José Ramón Ayllón

El enigma del Cid
Mª José Luis

Almogávar sin querer
Fernando Lalana,
Luis A. Puente

Pequeñas historias del Globo
Àngel Burgas

El misterio de la calle de las Glicinas
Núria Pradas

África en el corazón
M.ª Carmen de la Bandera

Sentir los colores
M.ª Carmen de la Bandera

Mande a su hijo a Marte
Fernando Lalana

La pequeña coral de la señorita Collignon
Lluís Prats

Luciérnagas en el desierto
Daniel SanMateo

Como un galgo
Roddy Doyle

Mi vida en el paraíso
M.ª Carmen de la Bandera

Viajeros intrépidos
Montse Ganges e Imapla

Black Soul
Núria Pradas

Rebelión en Verne
Marisol Ortiz de Zárate

El pescador de esponjas
Susana Fernández

La fabuladora
Marisol Ortiz de Zárate